마음 밖에는 아무것도 없다

옮긴이 **박지명**

산스크리트문화원/히말라야명상센터 원장. 영남대 국문학과를 졸업하고 1974년부터 명상에 관심을 갖고 인도 명상을 시작했다. 오랫동안 인도에 머물면서 인도 명상과 다르사한(Darsahan) 철학 체계 및 산스크리트 경전을 공부했다. 아드바이타 라자 요가 켄드라(Advaita Raja Yoga Kendra)의 법맥을 이었으며, 샴카라차리야(Shamkaracarya)의 수행 체계인 스리비드야 법통을 전수받았다. 인도의 구루들로부터 명상에 대한 비전을 전수받았으며, 수십 차례 인도와 히말라야를 다니며 많은 인도의 수행자들을 만나 그에 대한 지식을 교류했다. 현재 일반인들에게 가장 체계화된 명상을 가르치고 있으며, 인도 고대 경전 및 명상과 요가, 자연요법에 대한 책을 집필하고 있다. 저서로《호흡 명상 스트레스에 강한 멘탈 만들기》,《양, 한방, 자연요법 내 몸 건강백과》,《건강 재테크》,《나에게로 떠나는 인도명상여행》등이 있으며, 역서로《모든 것은 내 안에 있다》,《요가》등이 있다. 또한 산스크리트 원전 주해서인《스리마드 바가바드 기타》,《요가 수트라》,《우파니샤드》,《베다》,《산스크리트 반야심경》,《명상 비전 - 비그야나 바이라바 탄트라》등을 펴냈다.

www.sanskrit.or.kr/(02)747-3351

1판 1쇄 인쇄일_ 2015년 1월 20일 | 1판 1쇄 발행일_ 2015년 1월 26일 | 지은이_ 라마나 마하르시 | 옮긴이_ 박지명 | 펴낸이_ 류희남 | 편집장_ 권미경 | 교정교열_ 김진희 | 삽화_ 박준우 | 표지본문디자인_ 김은정 | 마하르시 사진 © Sri Ramanasramam | 펴낸곳_ 물병자리 | 출판등록일(번호)_ 1997년 4월 14일(제2-2160호) | 주소_ 110-070 서울시 종로구 새문안로5가길 11, 801호(내수동, 옥빌딩) | 대표전화_ (02) 735-8160 | 팩스_ (02) 735-8161 | 이메일_ aquari@aquariuspub.com | 트위터_ @AquariusPub | 홈페이지_ www.aquariuspub.com | ISBN_978-89-94803-29-6 03890

이 도서의 국립중앙도서관 출판시도서목록(CIP)은 서지정보유통지원시스템 홈페이지(http://seoji.nl.go.kr)와 국가자료공동목록시스템(http://www.nl.go.kr/kolisnet)에서 이용하실 수 있습니다.(CIP제어번호: CIP2015000500)

마음 밖에는 아무것도 없다

라마나 마하르시 지음 | **박지명** 옮김

물병자리

차례

제1부

마하르시에 대한 여러 이야기들

제2부

힌두교의 세 신, 브라마, 비슈누, 시바

제3부

남인도의 경전, 《페리야 푸라남》

제4부

위대한 경전,《요가 바시스타》

마음이란 무한한 것을 정의하려고 한다. 그러면서 최고의 진리를 가장 단순하면서도 강력한 언어로 표현하려고 한다. 인도의 종교 경전 곳곳에 스며들어 있는 이야기들은 인류의 가장 심오한 영적 진리로 남아 있다. 부모로부터 자식에게 전해지는 인도의 이러한 종교적인 보물은 오늘날에도 그 힘을 지니고 있다.

시바프라카삼 필라이(Sivaprakasam Pillai)는 스리 바가반 라마나 마하르시(Sri Bhagavan Ramana Maharshi)의 위대함을 깨닫고 초창기부터 그를 헌신적으로 따르던 사람 중 한 명이었다. 그는 "스리 바가반은 '브라만'이라는 단어도 모르면서 브라만에 도달했다"라고 말했다. 스리 바가반이 자신이 직관적으로 경험했던 그 상태를 묘사한 책을 받아본 것은 몇 년이나 지나서였던 것이다. 그는 순수한 마음과 뛰어난 기억력으로 이런 책들의 본

질을 간파하고, 상황에 맞는 이야기들을 만들어냈다. 스리 바가반의 말의 아름다움과 지혜가 그 이야기 속에 녹아들어 가르침의 본질을 더욱 분명하게 만들었다.

스리 바가반은 이야기를 들려주는 데 그친 것이 아니라 헌신자들을 즐겁게 해주었다. 감명 깊은 이야기를 들려줄 때는 눈물을 흘리기도 했다. 쿤주 스와미(Kunju Swami)는 이렇게 말했다.

"스리 바가반이 이야기를 시작하면, 그것이 과거에 수없이 많이 들었던 이야기일지라도 하던 일을 멈추고 이야기를 들으러 그의 곁에 다가갈 정도로 그의 이야기는 매력적이었다!"

술라이만 새뮤얼 코헨(Sulaiman Samuel Cohen)은《구루 라마나(Guru Ramana)》에서 "바가반은 바이시나바(Vaish-nava) 성자의 시 구절인 '오, 신이시여, 나를 그대의 품 안에 품어주소서'를 낭송하면서 헌신의 열정으로 가득 찬 눈으로 허공에 팔을 뻗어 감싸 안고, 흐느끼는 감정을 억누르지 않았다. 그러한 모습을 보는 것은 무척 감동적인 일이었다"라고 말했다.

한번은 바가반이 타라 빌라삼(Tara Vilasam)에 대한 이야기를 읽으면서 눈에 눈물이 가득하고 목소리가 떨렸다. 마치 그가 읽고 있는 이야기를 그의 존재가 연기하는 것 같았다. 수리 나감마(Suri Nagamma)가 이를 보고 "바가반이 타라 자신으로 변모했다"라고 말하자, 마음을 가라앉힌 스승은 웃으며 이렇게 말했다.

"무엇을 했다고? 나는 내 앞에 있는 어떤 것과도 분리되지 않았다. 나는 우주적이야!"

루시아 오스본(Lucia Osborne) 여사의 제안에 따라 우리는 이 책에 스리 바가반에게 영감을 준 이야기들도 포함했다. 스리 티아가라잔(Sri Tyagarajan)과 함께 원고를 훌륭하게 검토해준 스리 쿤주 스와미갈(Sri Kunju Swamigal)의 진지한 관심과 도움에 진심으로 감사한다.

스리 바가반의 가르침과 은총, 사랑이 없었다면 이 책은 탄생할 수 없었다. 그에게 깊은 감사를 전하며 이 책을 그에게 바친다. 스리 바가반의 축복과 은총의 말들이 이 책을 읽는 모든 이를 일깨우는 조언이 되기를 바란다.

1984년 8월 5일

조안 그린블라트(Joan Greenblatt)

들어가는 글

스리 바가반이 이야기를 잘하는 스승이라는 것은 누구나 알고 있다. 스리 라마나스라맘(Sri Ramanasramam) 출판사는 편지나 일상, 대화 등의 자료를 바탕으로 스리 바가반에 대한 생생한 이야기들과 영적인 가르침을 담은 책을 펴냈다. 이 책의 초판은 헌신자인 조안 그린블라트가 편집했으며, 초판을 개정 · 보완한 결과물이 지금 독자 여러분이 보고 있는 2판이다.

모든 구도자가 이 책을 통해 영적인 현존을 깨닫고 즐거움을 느끼기를, 그리고 스리 바가반의 무한한 은총이 이 책 안에 깃들기를 바란다.

1985년 2월 17일, 마하 시바라트리(Maha Sivarathri) 축제날에

스리 벤카타라맘(Sri Venkataramam, 아슈람 총책임자)

역자 서문

바가반 라마나 마하르시, 그의 영혼의 위대함은 너무나 찬란하게 빛나며, 우리 삶에 거대한 이정표가 되어준다. 그는 절대 존재인 참나(Self)에 대한 응시인 '나는 누구인가?'를 통한 지혜로 깨달음을 얻는 수행자로 알려져 있다. 절대적인 지복 의식인 '사트 치트 아난다(Sat Chit Ananda)'로 불리는 아트만(atman, 불멸의 참나)의 직접적인 깨달음 그 자체가 그의 가르침의 실체이다. 그의 가르침은 직접적으로 '나'의 근원을 직시하게 하는 지혜의 수행인 즈나나(jnana)의 가르침과 진솔하게 근원을 받아들이는 헌신의 수행인 박티(bhakti)의 가르침을 주었다. 그의 지혜와 가르침은 그가 세상을 떠난 지금도 진리를 찾는 많은 구도자에게 영원한 존재의 화신(化身)으로서의 가르침을 준다.

이 책은 철저한 즈나니(jnani, 지를 깨달은 사람)이자 지혜의 대명사로 알려져 있는 라마나 마하르시의 대화와 가르침, 그리고 그와 관련한 이야기를 모은 것이다. 그의 이야기는 아주 수행적이며, 고대의 신화와 신, 수행자들의 면모를 잘 묘사하고 있다. 특히 즈나니에 관한 이야기는 수행을 하는 사람들에게 중요한 지침이 될 것이다.

우리나라에도 이미 라마나 마하르시의 책이 여러 권 소개되었지만, 대부분 마하르시와 제자들의 대화에만 치중했다. 아마 그의 위대한 진리의 말과 침묵과 깊은 사하자 삼매(sahaja samadhi, 삼매[三昧] 중에서 최고의 경지이며 모든 시간에 초월한 경지에 있는 상태)에서 풍겨 나오는 가르침 때문일 것이다.

이 책에서 여러 제자들이 증언하는, 절대에 빠져드는 그의 인간적이며 초월적인 몰입은 우리에게 깊은 감명을 준다. 절대 또는 신에 몰입하여 눈물을 흘리는 인간적인 모습은 날카로운 베단타(vedanta, 힌두교의 경전인《베다》의 가르침과 지혜의 절정) 같은 마하르시의 모습이 아니다. 그래서 이 책이 마하르시의 많은 책 중에서도 더욱 소중하고 값진 것이다.

이 책은 네 부분으로 나뉜다. 제1부에서는 마하르

시와 관련한 여러 이야기를 소개하며, 제2부에서는 인도의 세 신인 브라마(Brahma, 창조의 신), 비슈누(Vishnu, 유지의 신), 시바(Siva, 소멸의 신) 신에 대해 말한다. 제3부에서는 남인도의 시바파 성자 63인의 이야기인《페리야 푸라남(Periya Puranam)》경전을 이야기하며, 제4부에서는 위대한 고대 성인인 바시스타(Vasistha)와 라마(Rama, 비슈누 신의 화신)의 진리에 대한 이야기인《요가 바시스타(Yoga Vasistha)》경전에 대해 설명한다. 마하르시의 이야기들은 그의 수행자로서의 헌신적인 모습과 초월적이고 심원한 깊이를 이해하고, 그가 전하고자 하는 철학에 친숙하게 접근하는 데 큰 도움이 될 것이다.

마하르시가 살고 수행했던 남인도와 아루나찰라 산과 사원은 아직도 영적인 향기로 가득하다. 나는 몇 번이고 그 장소를 가보고 생존해 있는 마하르시의 직계 제자들도 만나보았으며, 마하르시의 아슈람(ashram, 힌두교 수행자들의 공동체)에서 나오는 그에 관한 자료들과 인도인이나 외국인이 쓴 그에 관한 책들을 보았다. 마하르시의 깊은 삼매의 응집력과 고요함, 헌신적인 몰입이 그의 모든 삶과 장소와 책에 스며들어 있었다. 그리고 그렇게 큰 깨달음을 얻었으면서도 전통적인 수행 체계를 무시하지 않았다는 것이 그가 가진 더욱 큰 매력이었다.

라마나 마하르시의 이야기를 통해 독자들이 좀 더 쉽게 그에게 다가갈 수 있기를, 그리고 그의 새로운 인간적인 면과 순수한 진리에 빠져들기를 바란다.

이 책이 나오기까지 도움을 아끼지 않은 물병자리 출판사의 류희남 사장님과 권미경 편집장님, 그리고 속도 느린 나의 타자를 대신한 이정훈 씨와 책 작업에 도움을 준 이서경 씨에게 감사드린다.

박지명

제1부

마하르시에 대한 여러 이야기들

스리 바가반은 자신에 대한 방대한 이야기를 수집하는 동안 점점 변화해갔다. 한번은 시바 신의 부인이며 성모인 파르바티(Parvati)가 가우타마(Gautama) 성자의 아슈람에 왔을 때 느꼈던 가우타마의 기쁨을 묘사하던 스리 바가반이 더 이상 계속하지 못하고, 눈물을 글썽이며 벅차오르는 감정에 목이 멘 적이 있었다. 그때 그는 이렇게 말했다.

"나는 깨달음의 시를 낭송하는 하리카타(hari-katha)를 행하거나 그 내용을 청중에게 설명하는 사람들이 어떻게 거침없이 이런 내용을 이야기할 수 있는지 모르겠다. 그들은 이런 일을 할 때, 그들의 마음을 돌처럼 단단히 하고 있는 것 같다."

Self-Surrender

자신을 내맡긴다는 것

한 수행자가 말했다.

"참나의 실현이 힘들 것 같아 걱정입니다."

그의 말에 마하르시가 물었다.

"왜 실패만을 예상하며 불안해하는가? 참나의 실현은 근면한 수행자에게는 순간적으로 성취될 수 있는 것이다."

이를 설명하기 위해 마하르시는 다음과 같은 이야기를 했다.

자나카(Janaka) 왕은 당대의 석학이 읽어주는 철학적인 경전을 듣고 있었는데, 어떤 사람이 한쪽 발을 말등자에 얹은 상태에서 다른 발을 얹으려는 찰나에 참나를 실현했다는 구절이 있었다. 깨달음이 순식간에 왔다는 이야기였다. 왕은 그에게 경전 읽는 것을 멈추고 그 경전을 증명해보라고 명령했다. 그는 자신은 그저 학자일 뿐이며, 현실적인 지혜를 줄 능력은 없다고 말했다. 그의 말에 왕이 그 경전은 거짓된 것이거나 과장된 것이라고 하자 그는 그렇지 않다고 했다.

화가 난 왕은 그를 감옥에 가두었고, 학자들을 모두 불러 성자의 가르침을 따르고도 경전을 증명하지 못한다며 똑같은 벌을 주었다. 일부 학자는 처벌이 두려워 다른 나라로 망명하기도 했는데, 그들 중 몇몇이 도망가던 중에 숲에서 아시타바크라(Ashtavakra)라는 성자를 만났다. 학자들이 처한 상황을 알게 된 아시타바크라는 왕에게 경전의 진리를 입증하여 감옥에 갇힌 학자들을 풀어주겠다고 약속했고, 확신에 찬 그의 대답에 학자들은 그를 왕에게 데려갔다.

성자를 본 왕은 그에게 존경을 표했다. 그러나 갇혀 있는 학자들을 모두 풀어주라는 그의 말에는 여전히 의문이 해결되면 풀어주겠다는 대답만 할 뿐이었다. 성자는 왕에게 말 위에서 설법을 들으라고 했다. 그의 말에 왕은 말을 타고 성자는 가마를 타고 숲으로 갔고, 숲에 도착한 후 수행원을 모두 돌려보냈다. 왕은 성자에게 어서 경전을 증명해 보이라고 했다. 성자는 스승과 제자의 관계가 명확하게 성립되지 않으면 대답이 나오지 않는다고 말했다. 그의 말을 이해한 왕은 그에게 진정한 존경의 예를 취하고, 그가 자신을 축복해주기를 바랐다. 성자는 그에게 '브라마 즈나나'(brahma jnana, 우주의 근본 원리인 브라만을 실현하는 지혜, 신적인 지혜)를 가르쳤다. '진정한 제자는 자신의 모든 것을 스승에게 바친다'는 성자의 가르침에 왕은 "모든 것을 바치겠습니다"라고 말했다. "좋습니다"라고 대답하고 성자는 사라졌다. 그 순간 자나카 왕은 한쪽 다리는 말등자에 있고, 한쪽 다리는 허공에 매달린 채 동상처럼 굳어버렸다.

시간이 흘러도 왕이 돌아오지 않자 걱정이 된 백성들은 그를 찾아 나섰다. 그들이 가까스로 왕을 발견했지만, 왕은 백성들의 존재 여부나 그들이 던지는 애틋한 질문에 아무런 관심을 보이지 않은 채 고정된 모습 그대로 있었다. 그들은 아시타바크라를 찾기로 했다. 그들은 왕이 마술에 걸렸다고 생각했고, 그를 가마에 태워 왕궁으로 데리고 가기로 했다. 왕은 계속 그 상태로 있었다.

마침내 대신들은 아시타바크라를 발견했고, 그에게 왕을 정상으로 되돌려달라고 간청했다. 그들은 그에게 왕을 마술에서 풀어줄 책임이 있다고 했다. 아시타바크라는 그들의 무지를 깨우쳐줄 필요가 있다고 생각하고 왕의 이름을 불렀다. 왕은 그의 부름에 즉시 합장했다. 대신들은 깜짝 놀랐다.

아시타바크라는 왕에게 자신이 사람들의 악의에 찬 비난을 받아 곤경에 빠졌다고 말했다. 그러자 왕은 성난 어투로 "누가 그런 비난을 했는가?" 하고 물었다. 놀란 대신들은 자비를 베풀어줄 것을 간청했다. 성자는 왕을 정상적인 상태로 돌려놓고, 브라마 즈나나를 전수받는 관문을 거친 후 지혜를 전달했다. 그러고는 밤에 왕에게 궁극적인 진리를 가르쳤다.

'브라만(braman)은 자신과 분리된 새로운 것이 아니고, 특별한 시간이나 장소도 아니며, 다만 그것을 실현할 뿐이다.'

'궁극적으로 브라만은 그대이다. 즉, 탓 트밤 아시(Tat Tvam Asi)이다.'

'그것은 참나이며, 무한하고 영원하다.'

다음 날 아침 대신들은 왕이 평소처럼 업무를 보는

것을 발견했다. 아시타바크라 성자는 왕에게 브라마 즈나나에 대한 경전에서 '갑자기 진리를 실현하는 것'과 관련해 의문이 가는 것을 말하면 그에 대한 답을 주겠다고 말했다. 왕은 존경심을 가득 담은 채 말했다.

"스승이시여! 제가 미완성된 상태일 때 저는 경전 구절의 정확성을 의심했습니다. 저는 지금 그 구절의 진정한 진리를 실현했습니다."

왕의 말을 들은 대신들은 진정으로 아시타바크라 성자에게 감사했다.

The Jnani and the Siddha

지혜의 수행자 즈나니와 초능력 수행자 시다

어느 날 하타 요가(hatha yoga)와 사물의 실체에 대해 이야기하던 스리 바가반은 다음 이야기를 발췌하여 설명했다. 이 이야기는 성자 시바프라카사 스와미갈(Sivaprakasa Swamigal)이 타밀어로 쓴 《프라불링갈리라(Prabhulingalila)》이다.

지금의 카르나타카(Karnataka) 지방에서 유행하고 있는 링가야트(Lingayat) 종파의 창시자 프라불링가(Prabhulinga)가 수행을 위해 여행을 하던 중 인도 서쪽에 위치한 성지 고카르남(Gokarnam)에서 유명한 요가 수행자 고락나트(Gorakhnath)를 만났다. 고락나트는 프라불링가를 공손하게 맞았지만, 자신이 대단한 능력을 가진 사람이라는 자부심이 있었다. 그는 손님이 자신과 비슷한 능력을 가졌을 것이라 판단했다. 프라불링가는 이기심에서 벗어나 그 근원을 깨달은 사람이 아니면 자신을 정확히 알 수 없다며 “자신의 육체에만 집착하는 사람이 무슨 말을 하겠는가?”라고 말했다. 고락나트는 자신의 몸이 실체라고 생각했기 때문에 이렇게 대답했다.

“시바 신의 은총을 받거나 불로초로 육체의 영원함을 얻은 사람은 죽지 않습니다. 그러한 육체의 영원함을 얻지 못하면 죽고 마는 것 아닙니까?”

프라불링가는 참된 지식은 깨달음을 얻는 것이며, 육체란 결코 영원할 수도, 실체가 될 수도 없다고 말했다. 그의 말을 믿지 않았던 고락나트는 거만한 자세로 날카롭고 긴 칼을 프라불링가에게 건네주고는 자신의 몸을 치라고 말했다. 프라불링가가 그 칼로 고락나트의 몸을 쳤지만, 고락나트는 아무런 고통도 느끼지 않았다. 프라불링가는 짐짓 놀라는 척했다. 이번에는 반대로 프라불링가가 고락나트에게 자신의 몸을 치라고 했다. 고락나트는 그러다 죽는다며 망설였지만, 프라불링가는 괜찮다고 했다. 그 말에 고락나트가 칼을 들고 프라불링가의 몸을 쳤으나, 아무런 영향도 미치지 않은 채 그냥 허공을 가르는 것같이 지나갔다. 이때 고락나트는 시다(siddha)의 초능력보다 즈나니의 지혜의 힘이 크다는 것을 깨달았고, 그에게 가르침을 구했다. 프라불링가는 '브라마 비드야(brahma vidya)'라는 위대한 지혜를 가르쳤다.

"고락나트여, 몸이 너의 실체라고 생각하지 마라. 몸속에 내재된 실체를 찾아라. 그러면 생과 사를 통해 모든 병을 물리치리라. 몸속에 내재된 것은 너의 마음이며, 그곳의 실체는 바로 신이며 자기 자신이다."

Twenty-Four Gurus

나를 만드는 24명의 스승

왕의 화려한 행렬이 군대와 시종의 호위 속에 숲을 통과하고 있었다. 일행은 가는 도중에 몸에 실오라기 하나 걸치지 않은 채 한쪽 다리를 다른 쪽 다리 위에 올리고 땅 위에 누워 있는 사람을 만났다. 그는 너무나 만족하여 기쁨에 찬 표정을 짓고 있었다. 그에게 감동받은 왕은 시종을 시켜 그를 데려오게 했다. 그러나 시종이 전갈을 전했는데도 그는 아무런 반응 없이 그저 계속 즐거운 표정만 짓고 있었다. 이 말을 전해 들은 왕은 직접 그에게 다가갔다. 그런데 그는 여전히 아무런 주의도 기울이지 않았다. 그제야 왕은 그가 보통 사람이 아

마하르시와 헌신자들

니라고 생각하고 물었다.

"스와미(swami, 힌두교 종교 지도자)님, 당신은 무척이나 행복해 보이는군요. 당신이 그토록 행복한 비결이 무엇입니까? 그것을 어느 스승에게 배웠는지요?"

이 말에 수행자가 답했다.

"저에게는 24명의 스승이 있습니다. 이 몸, 이 땅, 새, 도구들, 많은 사람들…… 그 모든 것이 저에게 가르침을 주었습니다."

이 세상에 있는 모든 것은 좋은 것과 나쁜 것으로 구분된다. 좋은 것은 그에게 추구해야 할 것을 가르쳐주고, 나쁜 것은 그에게 기피해야 할 것을 가르쳐준다.

이 세상 모든 것에서 배움을 얻는 수행자. 그는 모든 것을 버리고 고행하는 아바두타(avadhuta)인 다타트레야(Dattatreya) 성자였다.

Enter The Heart

마음에 의존하지 마라

외아들을 갑자기 잃고 비탄에 빠진 사람이 마음의 안정을 찾기 위해 바가반을 찾아왔다. 그는 비통한 심정으로 바가반에게 몇 가지 질문을 했는데, 바가반은 언제나처럼 자기 자신을 돌아보고 비통해하는 것이 누구인가를 생각해보라고 했다. 그러나 그는 이러한 대답에 만족하지 않았다. 그러자 바가반은 비차라 사가람(Vichara Sagaram)의 이야기를 들려주었다.

두 청년이 있었다. 그들은 부모님에게 외국에 나가 좀 더 공부도 하고 돈도 벌어 오겠다고 말하고 부모님 곁을 떠났다. 외국에서 한 청년은 공부도 많이 하고 큰돈도 벌어 행복하게 잘 살았지만, 불행히도 다른 한 명은 죽고 말았다. 성공한 청년은 고향으로 가는 상인에게 자신은 잘 살고 있으며 같이 왔던 친구는 이미 죽었다고 부모님에게 전해달라고 했다.

그런데 그 상인이 실수로 잘 살고 있는 아들의 부모에게는 아들이 죽었다고 전하고, 죽은 아들의 부모에게는 아들이 큰돈을 벌어 잘 살고 있으며 곧 돌아올 것이라고 전했다. 그 때문에 실제로 아들이 죽은 아버지는 자신의 아들이 잘 살고 있으며 조금 있으면 돌아올 것이라는 생각에 기뻐했고, 실제로 잘 살고 있는 아들의 부모는 슬픔에 빠졌다. 사실 그들 중 자신의 아들을 실제로 본 사람은 아무도 없었지만, 그들이 받은 소식이 그들을 울고 웃게 한 것이다. 이 이야기처럼 우리도 비슷한 경우에 처해 있지는 않은가?

우리는 마음이 우리에게 전해주는 것을 그대로 믿고 현혹되어, 있지도 않은 것을 있는 것으로, 있는 것을 없는 것으로 착각한다. 만일 마음에 의존하지 않고 마음속으로 들어가 그 안에 있는 것을 간파한다면 외부 세계의 사물에 연연할 필요가 없다.

Buddha

붓다의 진정한 깨달음

욕심을 벗어나는 것에 대해 이야기하면서 바가반은 이런 말을 했다.

"옛날에 한 선인이 말했다. '신이시여, 당신이 나에게 베개로 삼을 수 있는 팔과 치부를 가릴 수 있는 옷과 벌어먹고 살 수 있는 두 손을 주셨으니, 더 이상 무엇을 바라겠습니까? 이것이 나의 커다란 기쁨이 아닙니까?' 이것이 얼마나 위대한 행운인지 말로 표현할 수 있겠는가? 가장 권위 있는 왕이라 할지라도 이러한 기본적인 행복을 바란다. 이것에 필적할 만한 행복은 없다. 나는 물질적인 행복과 정신적인 행복을 모두 체험해보았기에 이를 잘 안다. 이 침대와 소파와 가구들, 이 모두는 한정되어 있다."

"그것은 붓다(Buddha)의 예가 아닙니까?" 하고 제자가 물었다. 그러자 마하르시는 붓다에 대한 이야기를 시작했다.

"그렇다. 싯다르타(Siddhārtha, 붓다의 출가하기 전 이름)는 궁전에서 부귀영화를 누렸지만, 그는 슬픔을 간직하고 있었다. 이 슬픔을 잊게 하기 위해 그의 부친은 더욱 많은 재물과 지위를 그에게 주었지만, 그를 만족시키지는 못했다. 어느 날 밤, 싯다르타는 부인과 아들을 남겨둔 채 사라졌다. 그는 6년 동안의 엄격한 고행과 수행 끝에 깨달음을 얻었고, 세상의 평온을 위해 탁발승인 비구(bhikku)가 되었다. 탁발승이 되었을 때 이미 커다란 축복을 받았으니 그가 더 이상 무엇을 바랐겠느냐?"

그의 말을 듣고 제자가 물었다.

"그는 탁발승의 옷차림 그대로 자신이 살던 궁전으로 가지 않았습니까?"

바가반이 말을 이었다.

"그랬지. 그가 온다는 말을 듣고 아버지 슈도다나(Suddhodana) 왕은 전용 코끼리에 휘황찬란한 장식을 하고 군대를 모두 이끌고 큰길로 마중을 나갔다. 그런데 붓다는 큰길로 오지 않고 작은 샛길을 택했지. 그는 제자에게 여기저기 탁발을 하게 했고, 탁발승 차림으로 아버지를 만나러 갔다. 그의 아버지가 그런 차림으로 오는 아들을 어떻게 알아차릴 수 있었겠는가? 그러나 부인인 야소다라(Yasodhara)는 그를 알아보았고, 아들을 그의 앞에 무릎 꿇게 하고 자신도 무릎을 꿇었다. 그제야 그의 아버지는 그를 알아볼 수 있었다. 슈도다나 왕은 아들이 그런 몰골로 오기를 바라지 않았기 때문에 화가 나서 소리를 지르며 아들을 쏘아보았다. '부끄러운 줄 알아라! 가장 부유해야 할 사람이 그런 꼴로 온단 말이냐! 너에게 그 정도의 부귀는 충분히 있지 않느냐!' 붓다 역시 아버지가 아직도 그런 무지에서 벗어나지 못했다는 것에 안타까운 마음으로 마주 보았다. 부자의 강력한 기싸움은 아들의 승리로 끝났다. 슈도다나 왕은 아들의 발치로 내려와 스스로 탁발승의 상태가 되었다."

바가반은 그러고는 한마디 덧붙였다.

"세속에 욕심이 없는 사람만이 그 진실한 힘을 아는 법이다."

그의 목소리는 감정에 북받쳐 떨리고 있었다.

The Sadhu and the Three Stones

수행자와 세 개의 돌

1949년 스리 바가반은 10년의 공사 끝에 완성된 '성모의 사원' 완공을 축하했다. 마트루부테스와라(Matrubhuteswara) 사원 앞에 있는 회당에는 그를 따르는 사람들이 줄을 이었다. 회당에는 화강암으로 된 긴 의자를 놓고, 바가반이 편히 쉴 수 있도록 비단 매트리스를 깔았다. 또한 커다란 방석을 한쪽에 놓아 바가반이 팔을 기댈 수 있게 했고, 발을 올려놓을 수 있는 방석도 마련했다. 그러다 보니 앉을 공간이 많이 줄었다.

어느 날 바가반은 그를 따르는 사람들을 보며 말했다.

"이 매트리스를 보아라! 사람들은 비싸고 좋은 매트리스를 깔아두면 내가 편할 것이라고 생각한다. 그러나 나는 편안하게 휴식을 취할 수가 없다. 차라리 돌 의자에 앉는 것이 더 편할 것이다. 수행자에 대해 이야기할 때면 사람들은 스와미가 이엉으로 만든 헛간에 살거나 돌 의자 위에 누워 있는 것이 힘들고 고통스럽다고 생각한다. 하지만 그 사두(sadhu, 고행자. 출가하여 깨달음을 추구하는 자)는 비루팍샤(Virupaksha) 동굴에 몇 개의 돌을 가지고 들어가 그것을 땅에 놓고 침대로 쓴다."
제자들이 물었다.
"바가반이 지금 이야기하는 사두는 어떤 사람입니까?"
바가반은 그 사두에 대해 이야기했다.

위대한 수행자는 나무 밑에서 살았다. 그는 언제나 돌 세 개를 가지고 다녔다. 잠을 잘 때 하나는 머리 밑에, 다른 하나는 허리 밑에, 또 하나는 다리 밑에 두고 천으로 감쌌다. 몸이 돌 위에 있어 비가 와도 흐르는 물에 젖지 않았고, 비가 잠을 방해하지 않으니 편안히 잘 수 있었다. 앉아 있을 때는 돌 세 개를 잘 받쳐서 편안한 자세를 유지했다. 뱀이나 곤충이 와도 문제가 없었다. 그것들은 돌 밑으로 기어 다녔다. 사람들이 음식도 가져다주어서 그는 어떤 것도 걱정하지 않고 지냈다.

어느 날, 숲 속으로 사냥을 온 왕은 수행자를 보고 '얼마나 고통스러울까? 돌 위에서 자면서 몸의 균형을 유지하려면……' 하고 연민을 느꼈다. 왕궁으로 돌아온 왕은 병사들과 가마꾼에게 수행자를 정중히 왕궁으로 모시라고 했다. 만약 수행자를 데리고 오지 못하면 왕이 큰 벌을 줄 것이라 했기에 그들은 수행자에게 애원하다시피 청했다. 수행자는 문제가 생기는 것을 바라지 않았기 때문에 어쩔 수 없이 승낙했다.

그는 왕궁으로 가면서 오직 돌 세 개와 그것을 감싼 천 조각만을 가지고 갔다. 그는 화려하게 꾸며진 침실로 안내되었고, 보따리를 풀어 돌 세 개를 침대 위에 놓고 보통 때처럼 잠을 잤다.

다음 날 아침, 왕이 와서 그에게 경배하고, 존경의 뜻을 담아 물었다.

"수행자시여, 이곳이 편하셨는지요?"

수행자는 "원하는 것은 여기에 있습니다. 나는 언제든지 행복합니다"라고 말했다.

그러자 왕이 고쳐 말했다.

"그 말이 아닙니다. 수행자시여, 당신은 숲 속에 있을 때 돌 위에서 잠을 자는 것이 고통스러웠을 것입니다. 여기에는 침대도 있고 집도 있으니 당신은 행복할

것입니다. 그래서 묻는 것입니다."

그의 말에 수행자는 이렇게 답했다.

"그곳에 있는 침대가 여기에도 있고, 여기 있는 침대가 그곳에도 있습니다. 그래서 나는 어디에서나 같은 행복을 느낍니다. 어느 순간에도 나는 요구하지 않습니다. 잠자리에 상관없이 나는 행복합니다."

그의 대답에 의아해하던 왕은 침대 위에 놓인 돌 세 개를 보았고, 바로 수행자에게 용서를 구했다.

"위대한 성인이시여, 저는 당신의 위대함을 알지 못하고, 당신이 행복할 수 있는 요건을 만들려 했습니다. 이 얼마나 어리석은 행동입니까? 저를 용서하시고 축복을 주십시오."

왕은 이렇게 말하며 수행자를 그의 곁에 있게 했다.

바가반을 따르는 사람이 물었다.

"마하트마(Mahatma)의 눈으로 보았을 때 자유로운 삶이 진정으로 행복한 삶입니까?"

바가반이 답했다.

"삶은 커다란 감옥과 같다. 나는 일등급 죄수이다. 침대에 앉았을 때 나는 마치 송곳 위에 앉아 있는 느낌이며, 전혀 편안하지 않다."

다음 날 그 매트리스가 제거되고, 평범한 매트리스가 침대 위에 놓였다. 사람들은 바가반이 사두처럼 자유로운 삶을 살 것이라고 생각했다. 그러나 바가반은 그곳에 홀로 머물렀다. 그를 따르는 사람들은 새장 속에 갇힌 앵무새처럼 그를 자유롭게 놔두지 않으리라.

Initiation

내게 가장 적합한 만트라

한 제자가 물었다.

"누구든지 만트라(mantra, 성스러운 음절. 만트라의 반복을 통해 완성에 도달한다)를 임의로 선택해서 그것을 반복하면 효과가 있을까요?"

스리 바가반은 대답했다.

"그렇지 않다. 그만한 자격이 있는 사람이어야 하고, 적합한 만트라를 전수받은 사람이어야 한다."

이것을 설명하기 위해 그는 다음과 같은 이야기를 들려주었다.

왕이 한 대신의 집을 방문했는데, 그는 신성한 만트라를 반복하는 자파(japa)를 행하고 있는 중이었다. 수행이 끝난 후 왕은 만트라를 반복하는 자파가 무엇이냐고 물었다. 대신은 자신이 수행하는 만트라는 가장 성스러운 가야트리(gayatri, 바라문이 매일 외는 《베다》의 주문으로, 해탈에의 소망을 나타낸다) 찬가인데, 그것을 전수받고 싶었으나 그러지 못했다고 고백했다. 왕은 어쩔 수 없이 다른 성자에게 만트라 자파를 배웠다. 그 후 왕은 자신이 배운 가야트리를 대신 앞에서 암송하고 맞는지 말해달라고 했다. 대신은 만트라는 맞지만, 왕에게는 적합하지 않다고 했다.

그러더니 갑자기 한 신하를 불러서 왕을 잡으라고 명령했다. 그 신하는 말을 듣지 않았다. 대신이 명령을 반복했지만 신하는 계속해서 거절했다. 엉뚱한 행동에 화가 난 왕은 그 신하에게 대신을 붙잡으라고 명령했다. 신하는 즉시 대신을 붙잡았다. 이에 대신은 웃으며 왕에게 만트라가 맞는지를 설명하기 위해 저지른 일이라고 말했다. 왕이 "어째서인가?" 하고 묻자 대신은 대답했다.

"명령은 똑같은 내용이었고 명령을 받은 자도 같은 사람이었지만, 명령을 내린 사람의 권위가 달랐습니다. 제가 명령했을 때 그는 제 명령을 거절했지만, 왕께서

명령했을 때는 즉시 복종했습니다. 만트라도 그런 것입니다."

Peace is the Sole Criterion

평화는 마음에 달려 있다

즈나니의 특성을 묻는 질문에 바가반은 이렇게 답했다.

"그런 것은《바가바드 기타(Bhagavad Gita)》같은 책에 잘 묘사되어 있다. 즈나니의 상태란 마음을 초월한 상태를 말한다. 그것은 마음으로는 설명될 수 없는 것이다. 단지 고요한 침묵만이 그 성질과 상태를 묘사할 수 있다. 침묵이 말보다 더 효과적이다. 침묵을 통해 자아가 생겨나고, 자아를 통해 생각이 나오며, 생각을 통해서만 말이 나올 수 있다. 그러니 말을 한다는 것이 효과적이라고 할 때, 그 근원이 되는 것은 얼마나 더 효과적이겠느냐?"

그러고는 다음 이야기를 들려주었다.

타트바라야(Tattvaraya)는 스승인 스와루파난다(Swarupananda)를 기리는 바라니(bharani, 타밀어로 쓴 시)를 쓴 다음 지식인들에게 작품을 평가받고자 했다. 지식인들은 바라니는 수천 마리의 코끼리를 죽일 수 있을 정도의 영웅을 찬양하는 데 쓰이는 것인데, 한낱 수행자에 불과한 스승에게 바라니를 써서 칭송한다는 것은 잘못되었다는 견해를 밝혔다. 이 말에 타트바라야는 함께 자신의 스승에게 가서 그 문제를 논의해보자고 제안했다.

그들은 스승에게 갔다. 타트바라야는 스승에게 거기까지 온 이유를 설명했다. 그러자 스승은 침묵했고, 다른 사람들도 모두 조용해졌다. 그날 하루가 꼬박 지나고 밤이 왔다. 그리고 또 낮과 밤이 지나갔다. 그들은 모두 침묵을 지켰고, 어느 누구도 그들에게 그곳에 왜 왔는지 묻지 않았다. 3~4일이 지나고 난 뒤에 스승이 마음을 움직였고, 그제야 그들은 정상적인 사고 활동을 다시 시작했다. 그리고 이렇게 말했다.

"발정 난 코끼리 같은 우리의 마음을 집중하게 한 스승의 능력은 수천 마리의 코끼리를 죽이는 능력과는 비교할 수 없을 정도로 대단한 것입니다. 역시 당신은 바라니의 칭송을 들을 자격이 있습니다."

The Garlic Plant

수행자와 마늘

바가반이 〈그리하락슈미(Grihalakshmi)〉라는 월간지를 읽고 있을 때였다. 그는 갑자기 웃으며 방을 나가려는 수리 나감마에게 말했다.

"여기 마늘의 대단함이 잘 묘사되어 있소. 한번 읽어보시오."

그 월간지 기사에는 조미료와 절임을 만드는 법이 나와 있었다. 결론은 인체에 유익하고 도움이 되는 것으로 마늘만 한 것이 없다고 쓰여 있었다. 수리 나감마가 오후에 다시 그 방에 돌아왔을 때, 바가반은 그 기사를 읽었는지 물어보더니 이렇게 말했다.

"흔히 말하기를 마늘은 건강에 좋다고 한다. 사실이다. 마늘은 류머티즘을 없애주고, 몸에 힘을 불어넣어준다. 아이들에게는 불로불사의 감로수(甘露水)인 암리타(amrita)와 같다. 그래서 마늘은 감로로 알려져 있다."

수리 나감마가 마늘에 어째서 그런 이름이 붙었는지 묻자 스리 바가반은 이야기했다.

천신인 데바(Deva)와 악마인 락샤사(Rakshasa)가 바다를 휘저어 만들어낼 때 거기에서 감로가 나왔다. 악마가 감로가 담긴 그릇을 들고 달아나자 천신은 유지의 신인 비슈누 신에게 하소연했다. 이에 비슈누 신은 마법사의 모습으로 나타나서 감로를 둘에게 나눠 주기로 했고, 둘은 이 말에 동의했다.

비슈누 신은 먼저 천신에게 감로를 주었는데, 이것을 본 악마는 비슈누 신 몰래 신의 구역으로 넘어가 감로를 마셔버렸다. 해와 달이 이것을 보고 비슈누 신에게 알려주었고, 감로를 떠먹는 국자가 비슈누 신의 막강한 무기인 차크라(Chakra)가 되어 악마의 목을 잘라버렸다. 그러나 감로는 이미 그의 목을 넘어가고 있었다. 잘린 머리는 혹성인 그라하(Graha)가 되어 해와 달이 소멸할 때 그들에게 복수하게 되었다. 악마의 머리가 잘

려나가는 과정에서 몇 방울의 감로가 땅에 떨어졌는데, 그것이 마늘이 되었다고 한다. 그래서 마늘은 감로의 성분을 지니고 있는 것이다. 또한 몸에 좋기는 하지만 악마의 입을 거쳤기 때문에 자극적인 면도 있어 먹으면 마음에 영향을 끼친다. 그러한 이유로 마늘은 수행자들에게 금기시되어 있다.

'I' and you

'나' 그리고 너

한 수행자가 스리 바가반에게 자신을 깨닫는 법에 대해 물었다. 바가반은 평상시대로 '나'는 누구인가를 찾아보라고 말했다. 이런 식의 질문과 대답이 몇 번 오간 후 수행자는 다시 물었다.

"'나는 누구인가?' 대신 '너는 누구인가?'라고 묻는다면, 마음은 구루(guru)나 스승, 그리고 신의 모습인 '너'라는 의미에 고정되지 않겠습니까?"

이에 바가반은 "너의 질문이 어떤 것이든 결국 너 자신인 '나'에 귀결된다. 이 모든 구분은 나와 너, 스승과 제자 간에 존재하는 것이지만, 결국 단순한 무지의 소치이다. 결국은 '나' 하나밖에 존재하지 않는다. 그 이외의 것을 생각한다는 것은 너 자신을 현혹하는 것이다"라면서 이야기 하나를 들려주었다.

성자 리부(Ribhu)와 제자 니다가(Nidagha)의 이야기는 교훈적이다. 스승인 리부는 제자 니다가에게 '둘이 아닌 하나'인 브라만에 대해 끊임없이 가르쳤지만, 니다가는 박식하고 이해력이 있음에도 진리를 받아들일 정도로 확신하지 못했으며, 즈나나의 지혜에 이르는 수행을 따르지 못했다. 그러나 그는 고향에서 종교적인 의식을 따르며 헌신적으로 살았다.

제자가 자신을 사랑하는 이상으로 그를 사랑했던 스승은 제자가 어떻게 변하는지 지켜보기로 했다. 스승은 어수룩한 사람으로 변장하고 왕의 행렬이 지나가는 것을 보고 있는 니다가 옆으로 다가갔다. 리부는 니다가에게 "왕이로군요! 그가 행렬 속에 있다고요? 그런데 어디에 있지요?" 하고 물었다.

"저기 코끼리 위에 있지요" 하고 니다가가 말했다.

"왕이 코끼리 위에 있다고요? 네, 보이네요. 하지만 누가 왕이고, 누가 코끼리입니까?"

리부가 다시 묻자 니다가는 "뭐요?" 하고 소리쳤다.

"위에 있는 사람이 왕이고 아래의 짐승이 코끼리란 것도 모른단 말이오? 당신과 같은 사람과 이야기하다니!"

"나 같은 무식한 사람에게 너무 화내지 마시오" 하고 어수룩한 사람으로 변장한 스승이 말했다.

"그런데 당신이 말한 '위'와 '아래'란 무엇입니까?"

니다가는 더 이상 참을 수가 없었다.

"왕과 코끼리를 보면 하나는 위에 있고 다른 하나는 밑에 있지 않소! 이제 와서는 위아래가 뭔지 알고 싶다고요?"

니다가는 버럭 소리를 질렀다. 그러고는 "말로는 설명이 안 되니 행동으로 가르쳐줘야겠군요. 엎드리시오. 잘 알게 해드리지"라고 말하고 엎드린 스승의 어깨 위로 올라탔다.

"나는 왕처럼 위에 있고 당신은 코끼리처럼 아래에 있소. 이제 알겠소?" 하고 니다가는 말했다.

스승은 "아니요. 아직……" 하고 조용히 대답하고는 다시 물었다.

"당신은 왕처럼 위에 있고 나는 코끼리처럼 아래에 있다고 했는데, 그럼 당신은 뭐고 나는 뭐요?"

여기에서 니다가는 커다란 문제에 직면하게 된다. '너'와 '나'의 구분이라는 갑작스럽고 큰 문제가 그의 마음을 밝혀준 것이다. 그는 즉시 스승의 어깨에서 내려와 스승의 발 앞에 무릎을 꿇고 말했다.

"나의 스승이 아니라면 어찌 나의 마음을 이렇게 밝혀 외형적인 물질의 존재로부터 나의 진정한 실체를 깨우치게 하겠습니까? 아, 존경하는 스승이시여! 당신의 축복을 바랍니다!"

Earnestness or Faith

진정한 수행이란?

한 수행자가 스리 바가반의 가르침을 담은 40연의 타밀 시, 〈울라두 나르파두(Ulladu Narpadu, 실재사십송)〉 사본을 얻어서 작품 전체를 필사하기 시작했다. 바가반은 그 수행자가 한곳에 머물러 앉아 그 어렵고 많은 일을 성실히 수행하는 것을 보고, 출가수행자인 산야시(sannyasi)와 그의 제자에 대한 이야기를 통해 성실함에 대해 설명해주었다.

옛날에 여덟 명의 제자를 가르치는 스승이 있었다. 어느 날 그는 제자들에게 옛날에 자신이 쓴 노트를 그대로 베끼라고 말했다. 그런데 그중 속세에 있을 때 쉽고

편하게 살았던 제자 한 명이 동료에게 몇 푼의 돈을 주고 숙제를 대신 해달라고 부탁했고, 돈을 받은 제자는 동료의 몫까지 숙제를 했다. 제자들의 노트를 검사하던 스승은 두 개의 같은 필체가 있는 것을 보고 제자를 불러 어떻게 된 일인지 물었다. 숙제를 부탁했던 제자와 숙제를 대신 해준 제자는 사실을 말했다.

스승은 진실을 말하는 것도 영적인 수행을 하는 자들에게 반드시 필요한 것이지만, 그것만으로는 목표를 달성하지 못하며, 성실함이 필요하다고 했다. 그러한 성실함을 지키지 못하고 자신의 숙제를 동료에게 맡긴 제자는 제자로서의 자격이 없다고 했다. 또한 그 일을 해준 대가를 언급하며 스승은 냉정하게 말했다. 해탈이란 것은 그것보다 더 큰 의미가 있으며, 자기 밑에서 수행을 하는 것보다 차라리 나가서 돈을 버는 것이 나을 것이라고 말하고 제자를 쫓아내버렸다.

The World But Not of The World

속세에 존재하지만 속세의 것은 아닌 것

카두벨리 시다르(Kaduveli Siddhar)는 엄격한 은둔수행자로 유명했다. 그는 떨어진 낙엽만 먹고살았다. 왕은 그의 명성을 듣고 그의 가치를 증명하는 이에게 상을 내리겠다고 했다. 돈 많은 여인인 다시(Dasi)는 그와 가까운 곳에 살며 그를 보살펴주는 척했다. 그녀는 그가 줍는 낙엽에 맛있는 음식을 섞어 놓았다. 결국 그는 그녀가 가져다주는 음식을 먹었다. 그들은 사이가 가까워져서 아이까지 낳았다. 그녀는 그 사실을 왕에게 보고했다.

왕은 그와 그녀의 관계를 일반 대중에게 보여주기

를 원했다. 그녀는 그 의견에 따르기로 하고 계획을 짰다. 그에 따라 왕은 대중이 참가하는 춤 경연대회를 열기로 했고, 다시가 사람들을 초청했다.

드디어 경연대회 날이 되었다. 그녀는 아이를 남편에게 맡기고 경연대회장에 나타났다. 춤 경연대회가 점점 무르익어갔고, 집에 있던 아이는 엄마가 그리워 울기 시작했다. 할 수 없이 아이의 아버지는 아이를 안고 경연대회장으로 나갔다. 그러나 그녀가 신나게 춤을 추고 있어서 아이를 데리고 가까이 갈 수가 없었다. 그녀는 남편과 아이를 보자 일부러 춤을 추며 다리를 내뻗어 양말이 벗겨지게 했다. 그러고는 수행자가 아이를 안고 있는 곳으로 다가가며 발을 들어 올려 양말을 신었다. 사람들은 큰 소리로 웃으며 그 모습을 보았다.

수행자는 아무렇지 않은 듯 서 있었고, 자신의 가치를 내보이기 위해 노래를 불렀다.

"승리를 위해 나의 분노를 가시게 하라! 나는 분노가 몰려올 때 나의 마음을 쉬게 한다. 만일 내가 낮이나 밤이나 나의 참나를 자각하며 잠든다면, 여기 이 돌이 두 쪽으로 갈라지리라!"

그 순간 앞에 있던 신의 형상을 한 돌이 큰 소리를

내며 갈라지는 것이 아닌가! 사람들은 깜짝 놀랐다. 그는 영원불멸의 지혜의 수행자인 즈나니는 외적인 모양만으로 믿지 않는다고 말했다.

성인 아디 샹카라(Adi Shankara)의 《비베카 추다마니(Viveka Chudamani)》 181장에는 다음과 같이 더 자세히 설명되어 있다.

비록 실체인 지반무크타(jivanmukta, 살아 있는 동안 해탈의 경지에 도달한 사람)가 환영(幻影)인 프라라브다(prarabdha)에 의해 가려진다 해도 항상 순수하다. 마치 맑은 하늘이 구름에 가려져 있어도 맑듯이. 그는 마치 아내가 오직 자신의 남편과만 사랑을 즐기듯 자신만의 향락을 즐긴다. 비록 그가 못 배운 사람처럼 침묵을 지킨다 해도 그의 게으름은 《베다(Veda)》의 바이크하리바크(vaikharivak, 말로 표현되는 것)의 이중성 때문이다. 그의 침묵은 결국 《베다》의 진실한 내용에 대한 통일성을 가장 고차원적으로 표현한 것이다.

그가 제자들을 지도하면서도 결코 스승처럼 행동하지 않는 이유는 스승과 제자란 것이 환상에 의해 생겨난 관습이라는 사실을 충분히 인식하기 때문이고, 그래서 그는 끊임없이 말을 하는 것이다. 만일 반대로 그가 마치 정신이상자처럼 일관성 없는 중얼거림을 되풀이 한다면, 그것은 그의 경험이 표현할 수 없는 것이기 때문이다. 또 그의 말이 연설가처럼 너무 많고 수다스럽다면, 그것은 그가 자신의 경험을 회상하고 있다는 것을 의미한다. 최소한 그가 더 이상의 충만함을 기다리지 않을 정도로 일관되고 통일된 존재이기 때문이다. 비록 그가 초상을 당한 사람처럼 비탄에 잠겨 있다 해도, 그는 그것이 궁극의 진리에 의해 생긴 도구이자 창조물에 불과하다는 것을 알기 전에 그가 통제했던 그러한 감각에 대한 연민과 올바른 사랑을 지니고 있는 것이다.

그가 세상의 경이로움에 흥미를 갖고 있는 것처럼 보일 때, 그는 권위에 의해 생겨난 무지를 비웃고 있는 것일 뿐이다. 만일 그가 화난 모습을 보인다면, 그것은 그를 화나게 한 사람에게 충분한 일깨움이 될 것이다. 그의 행동 하나하나는 인간성에 기초한 성스러운 창조물이다. 그가 살아 있는 동안 해탈했다는 것은 의심의 여지가 없다. 그는 단지 세상의 선을 위해 사는 것이다.

Total Abidance

신의 이름을 반복하는 것

한 헌신자가 스리 바가반에게 "신의 이름을 반복하는 것은 깨달음에 얼마나 도움이 됩니까?" 하고 물었다. 스리 바가반은 "신의 이름이 계속 불리다 보면 개인의 노력 없이도 계속된다. 그것은 '나'가 되며, 그것이 계속되어 명백해지면 '참나'로 이어진다. 성스러운 이름을 입으로 계속 반복하는 것은 영혼의 반복을 통해 영원의 소리로 인도해준다. 마음과 입술은 참나 없이는 움직이지 않는다"라고 말하며 다음 이야기를 들려주었다.

투카람(Tukaram)은 마하라슈트라(Maharashtra)의 위대한 성자였다. 그는 낮에는 계속 삼매에 빠져 있었으며, 밤에는 군중과 함께 춤추고 노래했다. 그는 스리 라마의 이름을 늘 외우곤 했다. 어느 날 그는 본성의 부름에 대답하고자 "람, 람(Ram, Ram)" 하고 중얼거렸다. 정설만을 고집하는 신자들은 그가 성스러운 이름을 언급하는데 놀라 그를 책망하며, 본성의 부름을 받을 때는 침묵을 지키라고 말했다.

투카람은 좋다고 하고 침묵을 지켰다. 그 순간 갑자기 투카람의 모든 몸 구멍에서 라마의 이름을 외우는 소리가 들렸다. 신자들은 그 소리에 몹시 놀랐고, 그제야 투카람에게 사죄했다.

"금기라는 것은 범인에게나 통하는 것이지, 당신과 같은 성자와는 관계가 없는 것입니다."

Quiet Piety

고요한 신앙심

옛날에 한 왕이 있었는데, 그의 왕비는 매우 헌신적인 여자였다. 그녀는 스리 라마의 신도였고, 그녀의 남편도 헌신적인 사람이었으면 하고 바랐다. 어느 날 밤, 그녀는 왕이 잠을 잘 때 뭔가를 중얼거리는 것을 발견했다. 그녀가 귀를 그의 입에 가까이 대고 들어보았더니 왕은 '라마'라는 말을 계속 외우고 있었다. 그녀는 뛸 듯이 기뻐하며, 다음 날 아침에 대신들에게 축제를 열라고 했다. 왕은 축제가 열리는 것을 의아해하며 왕비에게 그 이유를 물었다. 그녀는 간밤에 겪은 일을 모두 말했고, 축제는 신에 대한 기원의 마음이 오랫동안 충족되기를 바라는 뜻에서 열린 것이라 했다.

그러나 왕은 자신이 그런 모습을 보여 신을 숭배한다는 것을 들키자 그 사실을 부정했다. 어떤 사람은 왕의 그러한 행동이 신을 배신하고 신이 무능력하다고 간주한 것이라 말하기도 하고, 어떤 사람은 결국 그가 자살했다고 말하기도 한다. 사람들은 흔히 자신의 신앙심을 잘 드러내려 하지 않는다. 그러므로 우리는 이 이야기의 결론을 왕이 자신의 신앙심에 대해 너무 조급하게 생각하지 말라고 왕비에게 이야기하고 오래오래 행복하게 살았다고 해석해도 좋을 것이다.

Unknown Tenth Man

무지는 필요 없는 슬픔을 만든다

한 수행자가 물었다.

"브라마 즈나나의 절대적인 진리를 깨닫는다는 것이 저 같은 속인에게도 가능할까요?"

그의 말에 마하르시가 답했다.

"브라마 즈나나 같은 진리는 지식처럼 얻을 수 있는 것이 아니다. 따라서 그것을 획득하면 그 사람은 행복해진다. 무지는 필요 없는 슬픔을 만들어낸다. 어리석은 사람은 잃어버린 적도 없는데 생명을 잃은 슬픔에 빠진 것을 슬퍼한다."

그러고는 다음 이야기를 들려주었다.

열 명의 어리석은 사람이 개울을 건너 건너편 개울가에 도착했다. 그들은 일행이 모두 개울을 건넜는지 알고 싶었다. 그래서 그중 한 명이 수를 세어보았다. 그러나 다른 사람만 세고 자기를 세지 않았다. 그는 "분명 아홉 명이야. 한 명을 잃어버렸어. 없는 사람이 누구지?" 하고 말했다. 그의 말에 다른 이가 "정확히 센 거야?" 하고 묻고는 다시 세어보았다. 그러나 이번에도 마찬가지였다. 그들은 여러 번 숫자를 셌으나 아홉 명밖에 되지 않았다. 그들은 돌아가며 자신을 빼고 다른 사람만 셌던 것이다.

그중 한 명이 "누군지 몰라도 그는 아마 물에 빠졌을 거야" 하고 말하며 울음을 터뜨렸고, 그 울음에 나머지 사람들도 훌쩍거렸다. 그들이 강둑에서 울고 있는 것을 본 마음 착한 나그네가 와서 이유를 물어보았다. 그들은 자신들이 울고 있는 이유를 말하며 몇 번을 세어봐도 아홉 명밖에 없다고 애통해했다. 이야기를 다 들은 나그네는 열 명이 모두 있는 것을 보고는 어떻게 된 사정인지 대충 짐작이 갔다. 나그네는 그들이 열 명이 맞고, 모두 안전하게 강을 건넜다는 것을 알려주기 위해 이렇게 제안했다.

"자, 모두 순서대로 숫자를 말해봅시다. 여러분이 모두 숫자를 말했는지, 또 한 번씩만 말했는지 확인하기 위해서 내가 주먹으로 한 대씩만 때리겠습니다. 잃어버린 열 번째 사람은 반드시 찾게 될 것입니다."

그들은 친구를 찾게 된다는 기대감에 모두 나그네의 이야기를 받아들였다. 나그네가 주먹을 날릴 때마다 맞은 사람은 순서대로 숫자를 말했다. "열"이라는 숫자와 함께 마지막 주먹이 날아갔고, 그들은 서로를 쳐다보며 "열 명이다!" 하고 소리치고 나서 슬픔을 없애준 나그네에게 고맙다고 인사했다. 이 모두 그들이 무지하여 누군가를 잃어버렸다는 막연한 추측을 했기 때문에 벌어진 일이었다.

Work is Worship

신은 헌신자를 위해 일한다

1년 중 특정한 날에 신들과 여신들은 한곳에 모여 향연을 벌인다. 이날을 기념하는 이유는 예전에 성자 순다라무르티 스와미(Sundaramurthi Swami)가 사원에 왔다가 신과 여신이 없어진 것에 놀랐는데, 그들을 찾아보니 그들이 들에서 헌신자 하리잔(Harijan)을 위해 묘목을 심거나 씨를 뿌리고 있었기 때문이다.

Each Reflects His Own Nature

모든 것은 자신의 본성을 반영한다

나야나르(Nayanar)는 신을 만나기 위해 칼라하스티(Kalahasti)로 갔는데, 그곳의 모든 사람이 시바나 삭티(Sakti, 절대인 시바 신의 상대적인 표현)처럼 보였다. 왜냐하면 그 자신이 그러했기 때문이다. 마찬가지로 정의의 화신인 다르마푸트라(Dharmaputra)는 세상이 축복받은 사람들로만 구성된 것처럼 여겨졌고, 모든 사람이 자신보다 어떤 이유에서든지 더 나은 것 같아 보였다. 하지만 《바가바드 기타》에 나오는 악의 화신, 두료다나(Duryodhana)는 세상에서 좋은 사람이라고는 한 명도 찾아볼 수 없었다. 모든 것은 자신의 본성을 반영하는 법이다.

The Master's Payment

스승에 대한 보답

한 제자가 오랜 기간 스승을 모신 후 마침내 참나를 깨닫기에 이르렀다. 그는 스승에게 감사의 뜻을 전했다.

"지금까지 살아오면서 참나를 깨닫지 못하다가 이제야 깨달으니 얼마나 행복한 일인지요. 스승님의 축복에 어떻게 감사드려야 할지 모르겠습니다. 깨달음을 얻게 된 것은 나 자신 때문만은 아닙니다."

그의 말에 스승은 답했다.

"아니다. 네가 무지함 속으로 다시 빠져들지 않고 지금의 너 자신을 계속 지킨다면 그것이 내게 보답하는 것이다."

The Fault Lies In Exposure

잘못은 들킨 데 있다

위대한 작가이자 수행자인 에주타찬(Ezhuthachan)이 사원 안에 생선 몇 마리를 가지고 들어갔다가 들켜서 왕 앞에 불려갔다. 왕은 어째서 사원 안에 생선을 가지고 들어왔는지 물었다. 에주타찬은 이렇게 대답했다.

"그것은 제 잘못이 아닙니다. 저는 그것을 옷 속에 숨겼습니다. 다른 사람들은 그것을 사원에 드러내놓고 가져옵니다. 잘못은 들킨 데 있습니다. 배설물이 몸 안에 있을 때는 더럽다고 생각하지 않지만 그것이 몸 밖에 있을 때는 더럽다고 생각합니다. 같은 이치가 아닙니까?"

Brahmachari's Touch

브라마차리가 준 깨달음

스리 바가반은 지혜의 수행자인 즈나니를 겉모습만으로 평가하지 말라고 말하며 깨달음을 얻은 파릭시트(Parikshit) 왕 이야기를 들려주었다.

파릭시트 왕은 갓난아기였을 때 몹시 아팠다. 그의 어머니가 스리 크리슈나(Sri Krishna)에게 달려가 아이를 살려달라고 호소했다. 주위에 모인 수행자들은 크리슈나가 어떻게 죽어가는 아이를 살릴지 궁금해했다.

크리슈나가 말했다.

"영원한 독신자가 이 아이를 건드리면 아이는 살아

라마나 마하르시

나리라.”

하지만 아무도 그 아이를 건드리지 못했다. 심지어 청정 수행자의 표본인 수카(Suka)도 그 아이를 건드리지 못했다. 유명한 선인들마저 아이를 건드리는 것을 피하자 크리슈나가 직접 아이를 만지며 말했다.

“나는 영원한 독신자 니트야 브라마차리(Nitya Brahmachari)이니 이 아이는 살아날 것이다.”

이에 아이는 숨을 쉬었고, 나중에 커서 파릭시트 왕이 되었다.

생각해보라. 크리슈나를 둘러싼 1만 6,000명의 여자 헌신자, 고피(gopi)들은 독실한 여자 수행자인 브라마차리(brahmachari)였다. 이들은 지반무크타, 즉 살아 숨쉬는 해탈의 신비이며 수수께끼이다. 이 지반무크타는 참나를 떠나서는 아무것도 볼 수 없는 존재다.

The King and His Ministers

무지의 세계로 돌아가다

제자: 아무런 시도도 하지 않고 무지에 머물러 있는 사람과 약간의 시도를 했지만 탐탁지 않아 무지로 되돌아간 사람의 차이는 무엇입니까?

마하르시: 후자의 경우는 깨달음을 위한 자극이 끊임없이 일어나 그가 완전한 깨달음을 얻을 때까지 그를 채찍질한다.

제자: 경전에서 브라만의 지식은 영원히 빛날 것이라고 했습니다.

마하르시: 그들이 말한 것은 영원한 깨달음이지, 잠깐 동안의 반짝임이나 수행은 아니다.

제자: 어떻게 자신이 겪은 경험을 망각하고 무지의 세계로 복

귀하는 것이 가능합니까?

마하르시는 다음과 같은 이야기로 제자의 질문에 답했다.

옛날에 나라를 잘 다스리던 왕이 있었다. 그런데 대신 중 한 명이 왕의 신임을 얻자 그 직위를 남용했다. 그의 행동이 달갑지 않았던 다른 대신들은 그를 쫓아냈다. 왕은 대신이 없어진 것을 알고 어떻게 된 일인지 물었다. 대신들은 아파서 자리를 비웠다며 거짓말을 꾸며댔다. 왕은 의사를 보내 치료하게 했다. 어떤 때는 나아지고 있다는, 또 어떤 때는 악화되고 있다는 허위보고가 계속 왕에게 들어왔다. 그러자 왕은 직접 환자를 보고 싶어 했다. 대신들은 왕의 그런 행동은 다르마(dharma, 정의의 법칙)에 위배된다고 만류했다. 나중에는 그 대신이 죽었다는 보고까지 들어왔다. 이 보고에 왕은 무척이나 슬퍼했다.

한편 쫓겨난 대신은 첩자를 통해 대충 돌아가는 사정을 파악했다. 그는 다른 대신들을 골탕 먹여야겠다고 생각했다. 그래서 언젠가 왕이 궁 밖으로 나오면 자기가 직접 왕 앞에 나서서 보고하겠다고 마음먹고 적당한 때를 기다렸다. 그는 나무에 올라가서 나뭇가지에 몸을 숨기고 왕을 기다렸다.

어느 날 밤 왕이 나오자 대신은 왕의 가마 앞으로 뛰어내려 큰 소리로 자신의 정체를 밝히려 했다. 그런데 왕과 동행하던 대신이 순간적으로 재치를 발휘했다. 그는 재 한 줌을 공중에 뿌려 왕이 눈을 감게 만들고, 악단이 음악을 연주하게 하여 대신의 목소리가 그 소리에 묻히게 했다. 그리고 가마꾼들을 더 빨리 움직여 그곳을 신속히 벗어나게 하고, 악마를 쫓는 주문을 외웠다. 이 때문에 왕은 죽은 대신의 혼령이 나타나 자신을 희롱하는 줄만 알았다.

이에 실망한 대신은 절망에 빠져 숲으로 들어가 금욕수행을 했다. 오랜 시간이 흐른 뒤 왕이 사냥을 하러 숲에 들어왔다가 예전에 사라진 대신이 앉은 상태로 명상에 잠긴 것을 보았다. 그러나 왕은 그 대신의 모습을 혼령이라 생각하고, 혼령이 자신을 해치지 않도록 서둘러 그곳을 떠났다.

The Greatness of Japa

자파의 위대함

한 수행자가 물었다.

“성자이시여, 자유에 이르는 가장 쉬운 길은 무엇입니까?”

바가반은 웃으며 말했다.

“마음이 길을 잃고 방황할 때 그것은 내적으로 변화되며, 참나에 대한 생각 속에서 스스로를 더욱 굳건히 하게 된다. 오직 그것만이 유일한 길이다.”

또 다른 수행자가 질문했다.

“그러기 위해 라마의 이름을 반복하는 것이 도움이 됩니까?”

바가반이 답했다.

“물론 도움이 된다. 더 좋은 방법이 무엇이 있겠느냐? 라마라는 이름의 자파는 위대한 것이다. 네가 라마의 이름이 위대하다는 것을 알고 싶다면, 우선 너 자신의 이름이 무엇인지를 알고, 너의 진정한 본성이 무엇인지를 알아야 하며, 너 자신이 누구인지, 어떻게 태어났는지도 알아야 한다. 네가 너의 기원을 모른다면 너는 너의 이름을 모르는 것이다. 이런 생각은 마라티어로 쓰인 《나마데바의 아반가스(the Abhangas of Namadeva)》에서 찾아볼 수 있다. 또한 말라얄람어로 쓰인 경전 《아드야트마 라마야나(Adhyatma Ramayana)》에서도 찾을 수 있다."

이렇게 말하며 바가반은 다음과 같은 이야기를 들려주었다.

안자네야(Anjaneya, 라마의 열렬한 숭배자인 하누만의 다른 이름)는 시타(Sita)를 찾으러 가서 무엄하게도 다르바르(Darbar) 홀에서 란카(Lanka)의 왕인 라바나(Ravana)의 반대쪽 높은 단에 앉아 그에게 말을 걸었다.

"오, 라바나시여, 제가 당신에게 해탈을 얻는 방법을 가르쳐드리겠습니다. 잘 들으십시오. 자아가 하리(Hari, 비슈누 신. 여기서는 그의 화신인 라마를 말한다)에 대한 헌신을 통해 정화된다는 것은 확실합니다. 하리는 마음의 연꽃 속에 항상 있는 것이지요. 에고를 없애면 원죄도 없어집니다. 그러고 나면 그 장소에 좀 더 초월적인 참나가 일어납니다. 아난다(ananda, 순수한 마음과 희열)가 자신에 대한 굳건한 지식에 의해 산출되면, 만트라와 같은 두 글자 라(Ra)와 마(Ma)가 자동적으로 마음속에서 반복됩니다. 비록 적은 양이지만, 이러한 지식을 가진 사람에게 더 필요한 것이 어디 있겠습니까? 그러므로 비슈누 신의 위대함에 경배를 드려야 합니다. 그는 속세의 공포를 없애주셨고, 태양의 불길보다 더 밝으며, 모든 수행자가 경외해야 하는 존재입니다. 당신 마음속의 무지를 버리십시오."

어찌 라마의 이름이 위대하지 않고 평범하다고 할 수 있겠는가?

Silent Eloquence

침묵의 웅변

스리 라마크리슈나(Sri Ramakrishna) 전도단의 락슈만 브라마차리(Lakshman Brahmachari)가 물었다.
"'나는 누구인가?', '내 존재에 대한 생각 자체가 생각이다'와 같은 사상은 수행 과정에서 어떻게 소멸됩니까?"
이에 스리 바가반은 다음과 같은 이야기로 대답했다.

수행자의 아내로부터 숲 속의 수행자들 중에서 자신의 남편을 가려내라는 요구를 받은 시타는 다른 사람들이 지목되었을 때는 아니라고 하고, 남편인 라마가 지목되었을 때는 고개를 끄덕였다. 그녀의 침묵은 감동적인 힘을 보여주었다.

이와 비슷하게 《베다》 경전에서도 부정의 의미로 산스크리트 말인 "네티 네티(Neti Neti)"라고 외치고 침묵을 지켰는데, 이 역시 웅변적이었다. 이 모두 침묵으로 설명하는 방법들이다. 자신에 대한 생각의 근원에 동작이 미쳤을 때는, 그것은 소멸되고 참나만 남는다.

Headship of a Mutt

우리는 스스로의 하인이다

한 수행자가 바가반에게 자신의 병약함과, 그 병약함 때문에 의사에게 치료받고 하인의 시중을 받고 있다는 사실을 호소했다. 바가반은 그 자리에서 대답하지 않고, 오후에 여러 사람이 모인 가운데 자신의 다리를 기름으로 마사지하면서 웃음 띤 얼굴로 그에게 말했다.

"우리는 스스로의 의사이고, 스스로의 하인이다."

그러자 그 수행자가 물었다.

"우리가 스스로의 일에 열중할 만한 힘이 없을 때는 어떻게 해야 합니까?"

바가반이 대답했다.

"우리에게 먹을 힘이 있다면 어찌 일에 열중할 힘이 없다고 하겠는가?"

질문한 수행자는 아무 말도 못하고 고개를 숙인 채 앉아 있었다. 바로 그때 편지가 한 통 도착했다. 바가반은 그 편지를 다 읽은 후 다음 이야기를 했다.

옛날에 출가수행자인 산야시가 사원의 지도자가 되고 싶어 했다. 그는 제자를 만들어 자신의 지위를 확고히 하고 싶었다. 하지만 제자가 되려고 오는 사람들 모두 산야시의 지식의 한계를 발견하고는 가버렸다. 누구도 사원에 머무르려고 하지 않았다. 그는 어떻게 해야 했겠는가?

그는 도시로 나가야 했다. 거기서 자신의 지위에 맞는 품위를 지켜야 했다. 그러나 그에게는 제자가 없었고, 아무도 그 사실을 몰랐다. 옷 꾸러미 같은 것들은 그가 머리에 이고 있었다. 그는 '이것들을 몰래 눈에 띄지 않는 구석에 숨겨 놓고, 나는 나중에 온 것처럼 행동해야지' 하고 생각했다. 그는 시내 이곳저곳을 돌아다니다가 그날 묵을 집에 도착했다. 그런데 집 앞에 사람들이 많아 들어갈 수가 없었다. 가엾은 친구! 그가 어떻게 했겠는가? 때는 저녁 무렵이었고, 그는 지쳐 있었다. 마침내 집 앞에 아무도 없는 것을 발견한 그는 짐 꾸러미를 구석에 몰아 놓고 베란다에 앉았다.

한참 후에 한 여자가 나오더니 누구냐고 물었다. 그는 말했다.

"나는 사원의 우두머리이고, 볼일이 있어 이 도시에 왔습니다. 듣자하니 집안일을 잘하신다고요? 그래서 제자에게 여기에 내 짐을 갖다 놓으라고 했습니다. 내일 아침에 갖고 떠나겠습니다."

"하지만 아무도 오지 않았는데요?" 하고 그녀는 말했다.

그는 다시 말했다.

"아닐 겁니다. 내가 제자에게 여기에 갖다 놓으라고 했어요. 그러고 나서 시장에 가서 무엇을 좀 사 오라고 했지요. 둘러보시면 어디 구석에 있을 겁니다."

그의 말에 그녀는 이곳저곳을 살펴보았고, 마침내 구석에 있는 짐 꾸러미를 찾아냈다. 그제야 주인 부부는 그를 환영하며 음식과 잠자리를 대접했다.

"밤이 깊었는데 제자 분은 안 오시네요?" 하고 부부가 묻자, 그는 "이 녀석, 엉뚱하게 시장에 가서 이것저 것 주워 먹고 노는 모양이니 먼저 주무세요. 오면 제가 문을 열어주겠습니다"라고 대답했다.

부부는 그제야 산야시가 어떤 사람인지 알았다. 부부는 좀 더 지켜보면 재미있겠다고 생각하고 들어가서 자는 척했다.

한참 있다가 그는 본격적으로 움직였다. 그는 문을 여닫으며 사람들에게 들릴 정도로 큰 소리로 혼자 떠들었다.

"어째서 이렇게 늦었느냐! 다음부터 이런 일이 있으면 가만두지 않을 것이다. 이제부터 조심하도록 하여라."

그러고는 목소리를 바꾸어서 "스승님, 용서해주십시오. 다시는 늦지 않겠습니다" 하고 제자의 흉내를 내고는 다시 처음의 목소리로 "알았느니라. 어서 이리 와서 다리나 좀 주무르거라. 아니, 거기 말고…… 주먹으로 살짝 두들겨라. 그래 좀 더" 하면서 자기 다리를 주물렀다. "됐다. 이제 늦었으니 자거라"라고 말하고 그는 잠자리에 들었다. 그러나 그 방에는 구멍이 뚫려 있었고, 그 구멍을 통해 주인 부부가 모든 장면을 지켜보았다.

새벽녘에 그는 또다시 밤에 했던 행동을 되풀이했다. 그는 "이 게으른 녀석, 아침 닭이 운 지가 언제인데! 아무개 집으로 당장 가거라" 하면서 문을 열었고, 제자를 멀리 보내는 시늉을 하고 다시 침대에 누웠다. 그것도 부부는 모두 보고 있었다.

아침이 되자 그는 짐을 꾸려 구석에 처박아 놓고 욕실에 가서 목욕을 했다. 그때 주인 부부가 몰래 와서 짐 꾸러미를 숨겼다. 그는 그것도 모르고 집을 샅샅이 뒤졌으나 짐 꾸러미를 찾을 수 없었다. 그래서 주인 부부에게 물었다.

"내 짐은 어디에 있소?"

그러자 부부가 대답했다.

"성자이시여, 당신의 제자가 와서 짐을 가져가며 말하기를, 당신이 시켜서 가져가는 거라고 하더군요. 바로 어제 당신 다리를 주물러주던 그 사람이었습니다. 저기 모퉁이를 돌고 있을 겁니다. 보입니까?"

그 말에 그는 멍하니 입만 벌리고 그 집을 떠났다.

바가반은 "이게 바로 제자가 너를 모실 때 생기는 일이다. 우리는 모두 스스로의 하인인 것이다"라며 다리를 손으로 주무르는 시늉을 했다.

Bhakta Ekanath
헌신의 길

〈비전(Vision)〉 잡지에 실린 쿨라섹하라 알와르(Kulasekhara Alwar)의 이야기를 주제로 거실에서 대화가 한창이었다. 이야기가 오가는 동안 하리카타 중인 쿨라섹하라는 그때의 상황을 완벽하게 되새겼다. 그는 라마의 숭배자로서 란카로 가서 시타를 칭송하는 것이 자신의 책임이라는 의무감 때문에 바다로 달려가서 라마가 시타와 락슈마나(Lakshmana)와 함께 나타났을 때 그 속으로 뛰어들어 축복의 세례를 받았다는 것이다. "마라타(Maratha)의 한 성자도 비슷한 경험을 했다. 아마 그는 지붕으로 뛰어내렸을 것이다"라며 스리 바가반이 다음과 같은 이야기를 했다.

에카나트(Ekanath)는 《라마야나》를 필사하고 있었는데, 원숭이 신 하누만(Hanuman)이 바다를 건너뛰어 란카로 가는 대목을 생생하게 묘사하는 동안 영웅 하누만을 너무나도 의식한 나머지, 무심결에 공중에 뛰어올라 옆집 지붕 위로 떨어졌다. 에카나트를 좋지 않게 생각했던 옆집 사람들은 그를 사기꾼이나 종교적인 위선자로 치부하고 있었다. 그들이 쿵 하는 소리에 무슨 일인가 싶어 나와서 보니, 에카나트가 지붕 위에서 한 손에는 종이를 쥐고 다른 손은 난간을 붙잡은 채 넘어져 있었다. 그 종이에는 영웅 하누만이 바다를 건너뛰는 장면이 있었다. 이 사건으로 이웃 사람들은 에카나트가 얼마만한 능력이 있는지 알아보았고, 그의 제자가 되었다.

잠시 후 바가반은 다시 이야기했다.

"신이 에카나트의 꿈에 나타나 그에게 즈나네스와르(Jnaneswar)의 무덤을 수리하라고 했다. 에카나트가 그의 말에 따라 그곳에 가보니 이미 공사 감독이 와서 일을 시작할 준비를 해놓고 있었다. 그는 공사 일꾼들의 이름과 보수를 적어 넣은 큰 장부도 가지고 있었다. 일은 체계적으로 진행되었고, 에카나트는 수리가 완료되자 장부에 적혀 있는 대로 돈을 지불받았다. 그 순간 공사 감독과 장부는 온데간데없이 사라졌고, 에카나트는 비로소 그가 바로 신이었고, 그 일을 했다는 것을 알게 되었다."

The Immature Pot

덜 구워진 항아리

제자: 스리 라마크리슈나가 그랬듯이 인격신 이스와라(Iswara)에게 말을 건다는 것이 가능한 일입니까?

마하르시: 우리가 서로 대화가 가능한 이상 어떤 이유든지 이스와라에게 말을 해서는 안 된다는 법이 있는가?

제자: 그럼 그런 일이 어째서 일어나지 않습니까?

마하르시: 그것은 우리가 정화되고, 강한 마음을 지니며, 오랫동안 명상 수련을 쌓아야만 가능한 것이다.

제자: 하지만 그런 일이 자주 일어나면 신이 존재한다는 것을 확신할 수 있지 않겠습니까?

마하르시: 그런 현상은 너의 실체만큼이나 실체적인 것이다.

다시 말하면, 네가 너의 몸으로 네 존재를 확인하는 것처럼, 또 너의 민감한 육체나 정신적인 측면에서도 꿈과 마찬가지로 똑같은 민감성을 지니고 있는 것이다. 꿈이 없는 잠처럼 너의 존재를 깨닫지 못할 때 너는 아무것도 볼 수 없으며, 자신이 보는 사물은 자신의 상태에 따라 달라진다. 신을 보는 것도 이와 마찬가지다. 오랜 훈련을 거쳐야만 명상의 대상으로서 꿈에 보이거나 깨어 있는 상태를 통해 드러난다.

제자: 그것이 신이 나타난 것입니까?

마하르시: 몇 년 전에 이런 일이 있었느니라.

고라 쿰바르(Gora Kumbhar)는 남데브(Namdev)가 아직 궁극의 진리를 깨닫지 못함을 알고 그를 가르치려 했다. 즈나네스와르와 남데브가 순례를 마치고 돌아왔을 때, 고라는 그들이 사는 지역의 모든 성자에게 축연을 베풀었다. 잔치 도중에 즈나네스와르는 고라와 미리 짜고 여러 사람 앞에서 고라에게 말했다.

"너는 도예가라서 매일 항아리를 만들고, 네가 구운 항아리 중 어떤 것이 제대로 구워졌고 어떤 것이 그렇지 않은지를 본다."

고라는 "네, 그렇습니다. 그것은 제가 계속 할 일입

니다"라고 말하며 항아리를 두들겨 소리를 듣는 작은 막대기를 집었다. 그러고는 그것을 높이 들고 사람들의 머리를 마치 항아리를 두들기듯 두들겨댔다. 모두 매우 겸손하게 받아들였으나, 남데브만이 분개하여 소리쳤다.

"이보시오, 도공! 그걸로 내 머리를 두들겨 어찌하려는 것이오?"

이 이야기에 고라는 즈나네스와르에게 말했다.

"스승님, 다른 도자기들은 다 괜찮은데 이것만 덜 구워졌습니다."

그 말을 들은 사람들은 웃음을 터뜨렸다.

남데브는 순간 큰 굴욕감을 느껴 그가 숭배했던 비탈라(Vitthala) 신에게 달려갔다. 그 신은 남데브와 친근하게 지내며 같이 놀고, 같이 먹고 자고 했던 사이였다. 남데브는 자신에게 일어났던 일과 그로 인한 굴욕감을 불평했다. 비탈라는 이미 다 알고 있었다는 듯이 그를 동정했고, 그의 이야기를 다 듣고 나서 이렇게 말했다.

"만일 네가 남들처럼 그냥 받아들였다면 어땠겠는가? 너의 그 행동 때문에 이 일이 생긴 것 아닌가?"

이 말에 남데브는 크게 울며 말했다.

"너도 남들처럼 나를 놀리고 있구나. 내가 왜 남들처럼 그런 행동을 받아들여야 하는가? 나는 너의 가장 친한 친구가 아닌가?"

비탈라가 말했다.

"너는 진리를 제대로 이해하지 못하고 있고, 또 내가 말해준다 해도 이해하지 못할 것이다. 그러니 숲 속에 있는 오래된 사원으로 가보라. 그곳에 있는 성자가 너에게 깨달음의 가르침을 줄 것이다."

남데브는 그의 말에 따라 숲 속 사원으로 갔고, 늙고 겸손해 보이는 사람이 발을 시바 신의 상징인 링감(lingam) 위에 올려놓고 잠들어 있는 것을 발견했다. 남데브는 비탈라가 말한 것처럼 이 사람으로부터 가르침을 받을 수 있을 것 같지는 않았지만, 어쨌든 그곳에는 그 외에 아무도 없었으므로 그에게 다가가 손뼉을 쳤다. 노인은 깜짝 놀라 벌떡 일어나며 남데브에게 말했다.

"아, 너는 비탈라가 보낸 남데브로구나. 어서 오너라."

이 말에 깜짝 놀란 남데브는 비로소 '이 사람은 굉장한 인물이구나' 하고 깨달았다. 그럼에도 그는 발을 링감에 올려놓는 사람은 간과할 수 없는 무례한 사람이

라고 생각했다. '아무리 위대하다 해도 그렇지' 하는 생각에 그는 노인에게 물었다.

"당신은 대단한 사람인 것 같은데, 아무리 그렇다 해도 발을 링감에 올려놓아도 괜찮은지요?"

노인이 대답했다.

"아하, 내 발이 링감 위에? 이게 어디 있지? 내 발을 다른 곳으로 치워주겠나?"

그의 말에 남데브가 그의 발을 다른 곳에 놓았다. 그런데 그가 발을 놓는 곳이 모두 링감으로 변하는 것이 아닌가? 할 수 없이 자신의 무릎에 발을 얹었더니 남데브 역시 링감으로 변해버렸다. 마침내 그는 진실을 깨달았다. 노인이 말했다.

"자, 이제 가보거라."

바가반이 덧붙여 말했다.

"한 가지 알아야 할 것은 그가 자기 자신을 버리고 스승의 발을 만졌을 때 비로소 깨달음을 얻을 수 있었다는 것이다. 가르침을 받고 집으로 돌아간 남데브는 며칠 동안 비탈라의 사원에 가지 않았다. 매일 그 사원에 가는 것은 물론이고 그곳에서 하루 종일 시간을 보내는 것이 습관처럼 되었는데도 말이다. 며칠이 지나자 비탈라는 남데브의 집으로 찾아가 사원을 방문하지 않는 이유를 물었다. 남데브가 대답했다. '더 이상 나를 놀리지 말게나. 이제 나도 알고 있네. 자네가 없는 장소는 없지 않은가?' 그러자 비탈라가 말했다. '이제야 진리를 깨달았군. 그래, 내가 자네를 그에게 보낸 것이 바로 그 때문이라네.'"

Tapo Bhrashta

자신에게 엄격하라

나키라르(Nakkirar, 고대 남인도의 대표적인 시인)는 티르타(Tirta) 강변에서 고행을 하고 있었다. 나뭇잎이 낙엽이 되어 떨어졌다. 어떤 것은 물 위로, 어떤 것은 땅 위로 떨어졌고, 갑자기 물에 떨어진 것은 물고기로, 땅 위에 떨어진 것은 새로 변했다. 각각의 새와 물고기는 나뭇잎으로 연결되어 각각의 본질이 되려고 다투는 것이었다. 나키라르가 놀라서 그것을 바라보고 있는데, 갑자기 한 영혼이 하늘에서 내려와 그를 999명이나 붙잡아 둔 동굴로 데려갔다. 붙잡혀 있는 사람들은 자신들의 엄격함을 저버린 사람들이었다.

제자가 물었다.

"그럼 나키라르도 그런 사람이란 말입니까?"

마하르시가 답했다.

"그렇다. 그는 명상을 소홀히 하고 신비한 광경이 벌어지는 것에만 신경을 썼다. 나키라르는 나중에 그러한 상태에서 벗어난 1,000명 중의 한 명이다."

Yogi's Penance

한 요기의 수행

마하르시는 마음이 일시적으로 가라앉은 상태(manolaya)와 생각이 영원히 소멸된 상태(manonasa)의 차이를 설명하기 위해 다음 이야기를 들려주었다.

한 요기(yogi)가 갠지스 강둑 위에서 몇 년 동안이나 고행을 실천하고 있었다. 그는 높은 경지의 집중 상태를 지속하면 해탈한다고 믿었기 때문에 계속해서 그 상태를 추구했다. 어느 날 삼매에 이르기 전에 그는 목이 너무 말라 제자에게 갠지스 강에 가서 물을 떠 오게 했다. 그러나 제자가 물을 떠 오기 전에 삼매에 빠져들었고, 그가 삼매에서 깨어났을 때 외친 첫 번째 말은 "물! 물!"이었다. 그러나 그때는 제자도 강도 없었다.

그가 처음 외친 말이 물이었던 것은 그가 깊은 명상에 들어가기 전에 했던 가장 중요한 생각이 물에 관한 것이었기 때문이다. 명상이 얼마나 깊고 오래 지속되건 상관없이 일시적으로 그는 자신의 생각을 다스릴 수 있었다. 그러다가 그가 의식을 되찾았을 때 그런 생각이 마치 강둑을 무너뜨리는 홍수처럼 밀어닥쳤던 것이다. 만일 이것이 그가 명상에 들어가기 전에 즉흥적으로 생긴 생각이라면, 그의 의식에 깊이 뿌리박고 있던 다른 생각들 역시 명상이 끝난 후에도 되살아날 것이다. 만일 잡다한 생각이 사라지는 것이 해탈이나 구원이라면 그가 진정한 해탈이나 구원을 얻었다고 말할 수 있겠는가? 우리는 순간적인 주문이나 고요함에 현혹되지 말고 우리 안에 깊이 내재된 마지막 잠재의식인 바사나(vasana)까지 근절할 수 있어야 한다.

Brahmin's Curse

100번째 추문

하루는 파카나르(Pakanar)라는 성자가 집 앞에서 손바구니를 엮고 있었다. 그때 '하레 람(Hare Ram)'이라는 노랫소리가 크게 들리자 그는 누이에게 도대체 누가 노래를 부르는 것인지 물어보았다. 그의 누이는 노래하는 사람은 브라민(brahmin, 힌두교의 전통적인 네 가지 카스트 중 가장 높은 계급으로, 영적인 공부에 전념한다)이고, 그는 자신의 딸을 범한 사람이라고 대답했다. 파카나르는 말했다.

"네가 그 추문을 이야기한 100번째 사람이구나."

그러는 동안 브라민이 그곳에 왔고, 성자는 그에게 방금 그에 대한 욕지거리를 했노라고 말했다. 브라민은 집으로 돌아갔고, 나중에 파카나르는 누이에게 이렇게 설명했다.

"이 브라민은 미망인인 딸과 함께 사는데, 그들은 매우 관대하고 친절한 사람들이어서 사두인 수행자들을 집으로 초대해 사랑으로 대접했다. 그들이 얼마나 친절한지를 듣고 한 수행자가 그들을 방문했다. 융숭한 대접에 굉장히 기뻐한 수행자는 그들에게 축복을 주리라 결심했다. 그는 슬쩍 보기만 해도 그들이 죽은 후 저승에서 무엇이 되는지를 알았다. 그는 브라민에게 죽은 뒤에 지옥의 거머리 산에서 고통을 받을 것이라고 말했다. 이 말에 브라민은 무릎을 꿇고 엎드려 어떻게 하면 거기서 벗어날 수 있을지 물었다. 수행자가 말했다.

'언젠가 당신은 천장에서 거머리 한 마리가 음식에 떨어져 죽은 것을 보지 못하고 깨달음을 얻은 성자에게 대접한 일이 있을 것이오. 무엇이든 성자에게 저지른 일은 천 배로 되돌아오는 법이오. 그렇기에 당신은 거머리 산에서 벌을 받을 운명이오.'

그러고 나서 수행자는 브라민에게 이 운명에서 벗어나려면 딸과 부정한 관계가 있었다는 추문을 퍼뜨려야 한다고 말하고, 이 소문이 백 사람의 입에 오르내리면 운명에서 벗어날 수 있다고 가르쳐주었다. 브라민은 수행자의 말대로 했고, 네가 그 추문을 이야기한 100번째 사람이 되는 것이다. 이제 브라민의 저주는 사라졌다."

스리 바가반은 이 이야기에서 다음과 같은 교훈을 끌어냈다.

"좋은 의도를 가지고 있더라도 그것으로 칭송을 들으려 하지 말고 비난을 초래하라. 네가 정직하다 해도 다른 사람들에게 네가 옳다고 말하고 싶은 유혹을 뿌리쳐라."

Kabir

카비르

카비르(Kabir, 인도의 위대한 시성이자 수행자)는 헌신적인 박타(bhakta, 헌신자. 사랑과 헌신을 통해 신에게 접근하는 사람)로, 몇 세기 전 베나레스(benares)와 그 근처에 살았던 사람이다. 그는 시디(siddhi, 초자연적인 힘)가 강했지만, 옷을 짜는 일로 생계를 꾸려나갔다. 하루는 그가 베틀에서 옷을 짜고 있는데, 흥분해서 들어온 제자가 그에게 말했다.

"스승님, 지금 밖에서 한 마법사가 막대기를 공중에 서게 만들어 사람들을 놀라게 하고 있어요."

이 말에 카비르는 위대한 성자들이 그렇듯 마법사

의 행동에 실망하고, 그에게 창피함을 알게 하려고 실로 된 공을 들고 밖으로 나갔다. 그는 마법사가 공중에 긴 대나무 막대를 세우고 있는 것을 보자 자신이 들고 있던 실 공을 공중으로 던졌다. 공은 공중에서 스스로 풀렸고, 풀린 실은 공이 다 풀릴 때까지 빳빳하게 공중에 서 있었다. 그 긴 실이 공중에 서서 마법사의 대나무 막대와는 비교도 안 되는 높이까지 올라가자 사람들은 물론 마법사까지 놀라 입을 다물지 못했다.

이 이야기를 하면서 마하르시의 눈은 놀람으로 떨렸고, 그의 손은 마치 카비르가 던진 실 공처럼 머리 위로 들려 있었다.

Kamal, Son of Saint Kabir

성자 카비르의 아들, 카말

한 제자가 물었다.

"양쪽 눈썹 가운데를 참나의 중심 자리라고 할 수 있습니까?"

스리 바가반이 대답했다.

"사실 수행자는 신체 여러 곳에 있는 정신적 힘의 중심점인 차크라(Chakra)에 마음을 집중해도 참나를 경험할 수 있다. 그러나 그러한 이유만으로 그 각각의 장소들이 참나의 중심 자리가 되지는 못한다. 머리 또는 미간이 참나의 중심 자리라고 간주해서는 안 된다."

카비르는 라마 신을 위해 열렬히 헌신했다. 그는 라마를 위해 헌신적인 마음으로 노래하는 사람에게 음식을 대접했다. 그러던 어느 날, 그들에게 대접할 음식이 떨어졌고, 그는 어떻게든 다음 날 아침까지 필요한 것들을 구하는 것 외에 다른 방도가 없었다. 그래서 그는 먹을 것을 구하러 아들인 카말(Kamal)과 함께 나갔다.

아버지와 아들은 상인의 집으로 가서 벽에 구멍을 뚫고 구멍을 통해 물건을 옮겼다. 그러고 나서 아들은 집주인을 깨워 집에 도둑이 들어 물건을 훔쳐 갔다고 말했다. 그러고 나서 벽의 구멍을 통해 탈출해 반대쪽에 있는 아버지에게 가려고 했으나 애석하게도 구멍에 몸이 끼고 말았다. 다음 날 헌신자들에게 영향을 주지 않으려면 집주인이 누가 그랬는지 추적할 수 없게 해야 한다고 생각한 아들은 아버지를 불러 머리를 잘라서 가져가라고 말했다. 카비르는 훔친 물품과 아들의 머리를 가지고 집으로 돌아왔다.

다음 날 아침, 카비르는 그를 따르는 자들에게 잔치를 베풀었다. 그러면서도 어젯밤 생긴 일이 마음에 걸렸다. 그는 생각했다.

'내 아들이 죽는 것이 신의 뜻이라면 어쩌겠는가?

따를 수밖에……'

잔치가 끝나고 그는 동료들과 평소처럼 시내로 나갔다. 그러는 동안 도둑맞은 상인은 그 사건을 왕에게 고하고 머리 잘린 몸뚱이를 내놓았으나 그것은 아무런 증거도 되지 못했다. 그 몸의 신원을 알기 위해 왕은 시체를 넓은 도로 한가운데에 놓아두고 친지들의 축복을 받기 위해 시체를 요구하거나 가져가는 자가 나타나면 잠복하고 있는 병사가 그를 체포하게 했다.

시내로 나온 카비르와 동료들은 놀랍게도 목이 없는 시체가 카비르의 동료가 부르는 신을 경배하는 노래에 맞춰 박수를 치는 것을 보았다.

스리 바가반은 말했다.

"이 이야기는 흔히 말하는 참나의 중심 자리는 머리나 미간이 아니라는 것을 증명한다. 전쟁터에서 병사의 머리가 칼에 잘려나가도 몸뚱이는 죽기 전까지 잠깐이지만 사지를 움직이며 달리거나 허공을 휘젓는다."

한 수행자가 물었다.

"그러나 카말은 몇 시간 전에 죽지 않았습니까?"

스리 바가반은 대답했다.

"카말에게 죽음이란 그리 특별한 경험이 아니다. 카말이 훨씬 어렸을 때의 또 다른 이야기를 들려주겠다."

카말이 소년이었을 때, 그는 또래의 남자 아이와 어울려 놀기도 하고 공깃돌 장난도 했는데, 그들은 둘 중 하나가 게임에서 지면 다음 날 같은 게임을 하여 복수하는 것이 습관이었다. 어느 날 그들은 카말이 게임에서 진 상태로 헤어졌다. 다음 날, 전날의 복수를 위해 카말이 친구 집에 갔는데, 친구가 베란다에 누워 있고 친구의 친척이 그 옆에서 울고 있었다.

"무슨 일이에요? 그 애는 어젯밤 나에게 빚진 게임이 있는데."

그러자 친척은 더 큰 소리로 울며 친구가 죽었다고 말했다.

카말이 말했다.

"아니에요. 그냥 죽은 척하는 거예요. 나에게 빚진 게임의 복수전을 원치 않기 때문에 그러는 거라고요."

친척은 아니라고, 진짜 죽었다고 말하며 몸이 차가우니 직접 와서 만져보라고 했다. 그의 말에 카말은 "그렇다 해도 단순히 죽은 시늉일 거예요. 난 알아요. 몸이

차갑고 뻣뻣하면 어때요. 나도 그렇게 할 수 있어요" 하며 바닥에 눕더니 눈 깜짝할 사이에 죽어버렸다.

죽은 친구를 보며 울던 그 불쌍한 친척은 이번에는 죽은 카말의 시체를 보며 비탄에 빠져 울었다. 그때 카말이 벌떡 일어나 소리쳤다.

"보셨죠? 나는 당신이 말한 대로 죽었어요. 그러나 다시 살아났잖아요? 그 녀석도 나를 이렇게 속이려는 거예요. 하지만 나는 그런 것에 속아 넘어가지 않아요."

이 이야기는 나중에 카말의 타고난 성스러움이 그 친구의 목숨을 되살리고 자신은 친구 덕분에 집으로 무사히 돌아간다는 내용으로 끝을 맺는다.

이 이야기의 교훈은 육체적인 죽음은 영원한 소멸이 아니라는 것이다. 육체는 탄생과 죽음에 의해 제한되는 것이 아니며, 육체는 죽을지라도 참나는 소멸하지 않는다. 참나는 탄생과 죽음에 의해 제한받지 않는다. 그리고 육체 속에서의 그 자리 역시 미간과 같은 신체의 특정 부분에 국한되지 않는다. 다만 명상 수행을 통해 그 중심 부위가 만들어질 뿐이다. 자각의 높은 경지는 항상 존재하는 것이다. 그것은 삶과 죽음뿐만 아니라, 깨어 있고, 꿈꾸고, 깊이 잠들어 있는 마음의 세 가지 상태를 초월하게 해준다.

Mutual Curse

서로에게 내린 저주

비와 천둥의 신인 인드라(Indra)는 가우타마의 아내인 아할리아(Ahalya)에게 가우타마의 모습으로 변신해서 다가갔다. 아할리아는 그가 남편이 아니라는 사실을 모른 채 그에게 자신을 바쳤다. 가우타마는 정확한 사정을 확인하지도 않고 그녀에게 돌이 되어버리라는 저주를 내렸다. 그에 분노를 느낀 아할리아는 말했다.

"아, 바보 같은 당신! 사실을 물어보지도 않고 나에게 저주를, 그것도 언제 풀릴지 모를 저주를 내리시다니……. 말씀해주세요. 언제 어떻게 저주를 풀 수 있습니까? 어째서 나의 입장은 생각해주시지 않고, 변명의 기회조차 주시지 않는 겁니까?"

이에 가우타마는 그녀에게 라마 신의 발에서 나온 먼지가 그녀에게 떨어지는 시간이 오면 저주가 풀릴 것이라고 말했다. 그 말이 끝난 후 그녀는 바로 돌이 되었다.

가우타마는 그 장소를 떠나서 매일매일의 일과 의식을 하려 했으나, 마음이 혼란스러워 제대로 되지 않았다. 그는 최선을 다하려고 노력했지만 마음을 잡을 수 없었고, 여러 가지로 일만 꼬여갔다. 그리고 그제야 그는 아내에게 변명의 기회도 주지 않고 저주를 내렸다는 것을 깨달았다. 그러면서 아내가 그에게 '바보 같은 당신'이란 저주를 했던 것을 회상했다. 결국 그녀는 위대한 여성 수행자였던 것이다. 그렇기에 그러한 흔하지 않은 저주의 말이 그에게 어찌할 수 없는 저주를 가져다준 것이다. 그는 인격신 이스와라의 도움을 받아 시바 신의 춤인 나타라자(Nataraja)를 봄으로써 저주를 제거하려 했다. 그는 치담바람(Chidambaram)이라는 곳으로 갔고, 그곳에서 영묘한 소리가 그에게 말하는 것을 들었다.

"트리술라푸라(Trisulapura)에서 당신에게 시바의 성스러운 춤을 드리겠습니다."

이에 가우타마는 즉시 그곳을 떠나 트리술라푸라로 향했다. 그곳에 가까워지자 멀리서 보기만 했을 뿐인데도 마음이 환해지는 것 같았다. 그는 거기서 고행하며 오랜 시간 머물렀다. 이스와라는 기뻐하며 그에게 나타나자 춤을 가르쳐주었다. 이스와라의 춤을 본 후 가우타마는 이스와라를 숭배하며 그가 있던 곳으로 돌아가 평소에 하던 의식을 치렀고, 나중에 아할리아는 라마 신의 발에서 나온 먼지에 의해 정화되어 그녀 본래의 모습으로 되돌아왔다.

수행자가 물었다.

"아할리아가 돌이 되었다는 표현은 단지 그녀의 마음에 적용되는 것이지, 육체를 이야기하는 것은 아니라고 생각합니다. 그렇지 않습니까?"

그의 말에 바가반이 말했다.

"그렇지, 어찌 육체에 관한 것이 될 수 있겠느냐? 그녀의 몸이 돌로 변했다가 라마 신의 발이 그 돌에 올려져 본래 모습을 되찾는다는 것은 보통 사람들이나 하는 이야기이지, 그것이 어찌 가능한 것이겠느냐? 그것은 그녀의 마음이 자각을 잃어버려 다른 어떤 것도 생각할 수 없게 되었으니 마치 돌과 같다고 해서 생긴 말이 아니겠느냐? 그런 마음의 무감각함이 위대한 성자의 수행에 의해 고쳐졌겠지. 또 그녀 자신도 위대한 수행자였으니 참나를 더 빨리 자각할 수 있지 않았겠느냐? 그녀는 라마 신을 참나의 실현으로 보고 그를 숭배했던 것이다. 이 내적인 의미를 《라마야나》에서 찾아볼 수 있다. 라마가 가우타마의 사원인 가우타마스라마(Gautamasrama)에 발을 내려놓는 순간, 아할리아의 마음은 한 송이 꽃이 피듯 다시 본래의 마음으로 발화하게 되었느니라."

The Lord Himself Comes

신께서 오신다

바가반이 타밀어로 번역된 아디 샹카라의 《아트마 보다(Atma Bodha)》라는 책을 받았는데, 그것을 한번 훑어보더니 도서관으로 보냈다. 번역이 마음에 들지 않는 것 같았다. 바가반은 《아트마 보다》 사본을 가져와 주의 깊게 보더니 이틀 후 두 소절을 타밀어로 번역해 수행자들에게 보여주었다. 바가반의 번역을 본 그들은 매우 기뻐하며 전체를 번역해볼 것을 권했다. 바가반은 "어째서냐?"라고 말은 했지만 몇 가지를 더 번역했고, 그러고는 이렇게 말했다.

"더 하고 싶은 마음은 없었지만, 하나씩 하나씩 내 앞에 대기해 있으니 내가 어찌하겠느냐?"

마침내 바가반은 번역을 모두 끝냈고, 스리 무루가나르(Sri Muruganar)에게 말했다.
"전에 내가 이것을 읽었을 때 어떤 생각이 들었는지 압니까? '이것을 누군가 썼다는 게 가능한 일일까?' 하는 것이었습니다."
무루가나르는 대답했다.
"아무도 그것을 벤바(venba) 음조로 쓸 수 없었습니다. 바가반에게 계속 글이 생각났다니 놀랍군요. 모든 시간에 《베다》는 마치 브라마에 앞서 있는 것처럼 보인다는군요. 이것이 같은 이치 아닐까요?"

인도의 서정 시인인 자야데바(Jayadeva)의 이야기는 헌신의 아름다움을 보여준다. 자야데바는 《기타 고빈담(Gita Govindam)》 경전을 쓰고 나서 《바가바탐(Bhagavatam)》을 산스크리트어로 썼다. 그 말을 들은 왕은 자야데바에게 《기타 고빈담》을 낭독해달라고 부탁했다. 그것을 들은 사람들은 그의 작품과 연설에 감동했으며, 곧 그의 이름이 유명해져서 그의 이야기를 들으려고 사람들이 몰려들었다.

그의 이름은 너무 유명해져 푸리(Puri)의 성자인 자간나타(Jagannatha)가 그를 열렬히 보고 싶어 했다. 그래서 자간나타는 어느 날 브라민 복장을 하고 자야데바가 강연하는 홀에 들어갔다. 그는 왕에게 인사를 올리고 말했다.

"폐하, 저는 브린다반(Brindavan)에 사는 사람으로, 모든 경전을 낭송할 줄 아는 학자입니다. 저는 지금 세계를 돌며 저와 학문을 논할 수 있는 사람을 찾고 있지만 아직 찾지 못했습니다. 저는 누군가와 토론하고 싶어 죽을 지경입니다. 들리는 소문에 자야데바가 유명하다고 하여 여기 온 것입니다. 그는 어디에 있습니까?"

사람들이 자야데바가 누구인지 가르쳐주자 자간나타는 그를 똑바로 쳐다보며 경멸하는 투로 말했다.

"아, 그대가 자야데바인가? 우리 한번 그대가 공부한 학문에 대해 토론해보자."

그러고는 "그대 손에 있는 그것은 무엇인가?"라고 묻고, 대답을 기다리지도 않은 채 자야데바의 손에서 책을 뺏어 들며 말했다.

"아, 이것이《바가바탐》경전이군. 그대가 서사시를 강연하는 사람이라고? 이것은 누가 쓴 것인가?"

자야데바는 말했다.

"이보시오, 나는 당신과 토론할 수 있는 학자가 아

니오. 그러나 감히 당신과 같은 선배의 축복을 받고자 합니다. 비록 당신께 그 책을 내가 썼다고 자신 있게 말할 용기는 없지만, 진실을 말하지 않으면 그 또한 잘못이니 진실을 말해야겠죠. 그 책의 저자는 납니다."

사야데바의 이야기에 자간나타는 놀라는 척했다.

"뭐라고? 만일 당신이 이 책의 저자라면 한 가지 물어봅시다. 내가 어떻게 하면 이 책의 모든 내용을 마음 깊이 새겨 외울 수 있겠소?"

그러더니 책을 덮은 채 그 책의 내용을 주제별로 줄줄 외웠다. 왕을 비롯한 청중은 매우 놀랐다. 자야데바는 자간나타 신이 직접 축복을 주러 그에게 오신 것임을 깨닫고, 실제의 모습을 보여달라고 기도했다. 그의 기도에 흐뭇해진 자간나타 비슈누 신은 스스로를 여러 모양으로 변화시켜 그에게 축복을 주고 사라졌다.

Deliverance of a Thorn Bush

가시밭의 구원

락슈미(Lakshmi)의 구원에 대해 바가반이 쓴 시를 들은 한 수행자가 바가반에게 와서 말했다.

"성자이시여, 우리는 짐승이나 새가 당신의 존재에서 구원받는 것을 알았습니다. 그렇다면 오직 사람만이 해탈할 수 있다는 건 잘못된 것이 아닐까요?"

그의 말에 바가반은 웃으며 말했다.

"한 위대한 성인이 가시밭에 해탈을 주었다는 말도 있다."

수행자는 그 성인이 누구이며, 어떤 이야기인지 알고 싶다고 했다.

치담바람이라는 곳에 우마파티 시바차리아(Umapathi Sivacharya)라는 즈나니가 있었다. 그는 시인이었고, 또 학자이기도 했다. 초월의 상태에서 계속 발전하면서 그는 일상의 수행에 소홀해졌다. 그래서 그 지방의 사제들은 그를 싫어했고, 특히 그가 학식이 있어 힌두교의 관습을 알고 있기에 더더욱 그러했다.

그들은 그가 마을에서 사는 것, 심지어는 사원을 방문하는 것도 금지했다. 그는 어쩔 수 없이 마을 밖에 있는 공터에 움막을 짓고 살았다. 하위 카스트 출신의 페탄 삼반(Pethan Samban)이란 자만이 물심양면으로 그를 도와주었다.

그러던 어느 날 페탄이 머리에 장작을 이고 오두막으로 가던 중, 이스와라 신이 그를 발견하고 사원을 담당하는 딕시타(Dikshitha)의 모습으로 변신하여 그를 만났다. 이스와라 신은 나뭇잎에 시를 써서 그에게 주며 그것을 시바차리아에게 전해주라고 말하고는 사라졌다. 페탄은 그것을 시바차리아에게 전해주었다. 시바차리아가 그것을 펴보니 이렇게 쓰여 있었다.

"시바차리아라고 불리는 새로운 창조를 할 사람에게 몇 자 적노라. 이 페탄 삼반이란 사람에게 자유를 주고, 모든 사람에게 기쁨을 주는 것은 너의 임무이다."

그는 편지를 읽으면서 기쁨이 벅차올랐다. 그는 신의 명령을 따르기로 하고, 페탄이 하위 카스트임에도 출가 승려가 되게 했다. 또 페탄에게 성스러운 빛으로 향할 수 있게 나야나 딕샤(nayana diksha, 눈을 통해 에너지를 전달하는 것)를 주었다. 시바차리아는 스스로 이러한 일에 대해 크게 놀라며 페탄의 현명함을 이해하게 되었다.

시바차리아의 적들은 그가 하는 헌신과 새로운 일의 시작을 눈여겨보고 있었다. 그들은 왕에게 가서 시바차리아가 페탄이 실수를 저질렀다는 이유로 그를 태워 죽인다며 거짓 고자질을 했다. 왕은 그것을 확인하기 위해 수행원을 거느리고 직접 찾아왔다. 시바차리아는 나타라자 신의 글을 보여주고, 의식을 통해 페탄이 성스러운 빛으로 화현했다고 말했다. 왕은 크게 놀라며 시바차리아에게 옆에 있는 가시밭에도 그것을 할 수 있는지 물었다. 시바차리아는 "물론입니다. 뭐 안 될 것이 있겠습니까?" 하며 가시밭에 나야나 딕샤를 주었고, 가시밭은 순간 성스러운 빛 속으로 사라졌다. 왕은 더욱 더 놀라며 말했다.

"이것은 나쁜 마법 같구나. 네 말로는 이것이 나타

라자 신에 의해 쓰였다고 하니 직접 가서 물어보자꾸나."

시바차리아는 왕은 사원 안에 들어갈 수 없다고 말했지만, 왕은 함께 가주면 상관할 것 없다고 했다. 그들은 함께 사원으로 향했다. 이 말을 전해 들은 사람들은 귀족이건 평민이건 할 것 없이 모두 그 장면을 보고 싶어 했고, 시바차리아의 적들이 벌받는 것이 궁금했다. 그래서 너도나도 사원으로 모여들었다.

두 사람이 사원에 들어왔다. 의식의 불빛이 나타라자 신을 밝혔을 때, 신 양쪽에는 페탄과 가시발이 있었다. 시바차리아를 무시했던 사람들은 크게 놀라고 공포에 질려 그 앞에 무릎을 꿇고 잘못을 빌었다. 그리고 그들은 존경의 표시로 그를 마을 안에서 살게 했다.

제2부

힌두교의 세 신, 브라마, 비슈누, 시바

힌두교의 세 신인 창조의 신 브라마, 유지의 신 비슈누, 파괴의 신 시바는 많은 경전에서 다루고 있으며, 인도의 영적인 문학과 사상의 주류를 이루고 있다. 이런 이야기들은 어느 정도의 오락과 희극성을 내포하고 있지만, 마하르시는 이 이야기에 좀 더 깊은 의미를 부여했다.

"시바 신은 모든 사물을 형성하는 존재이고, 의식만이 그것을 볼 수 있다. 시바는 모든 주체와 객체의 근간이 되어 존재한다. 모든 사물은 시바에 존재하며, 시바에 의해 존재한다."

Silence is the True Upadesa

침묵은 진정한 영적 가르침이다

한 수행자가 말했다.

"과거의 위대한 성인들은 세상을 다니며 진리를 가르쳐 많은 깨우침을 주었습니다. 바가반도 세상을 다니며 가르침을 펴면 좋지 않겠습니까?"

그의 말에 바가반은 웃으며 "나는 한 곳에 머물러 있는 것이 더 좋을 수도 있다"라고 말하고는 다음 이야기를 들려주었다.

창조의 신인 브라마는 창조에 흥미를 잃고 고행 수행이나 하며 지내려는 생각을 갖게 되었다. 그래서 그는 마

음을 통해 사나카(Sanaka), 사나트쿠마라(Sanatkumara), 사난다나(Sanandana), 사나트수자타(Sanatsujata)를 만들어내어 자기가 맡은 일을 전수하기로 했다. 그들은 자라나 모두 학문의 기둥이 되었다. 그것을 본 브라마는 그들에게 자신의 일을 맡기고 물러나려 했다.

브라마 신의 의도를 알게 된 성자 나라다(Narada)는 그의 형제들이 충분히 자신에 대해 정립되어 있다고 생각하고 그들에게 브라마의 의도를 경고해주었다. 나라다의 말을 들은 네 형제는 브라마의 뒤를 이어받을 마음이 없었기에 몰래 집을 떠나 새로운 스승을 찾아 돌아다녔다.

그들은 비슈누 신이 은거하고 있는 바이쿤타(Vaikunta) 호수로 갔다. 그곳에서 비슈누 신의 부인 락슈미가 비슈누 신의 의자에 앉아 그의 발을 마사지하는 것을 본 그들은 이렇게 말했다.

"저런 것이 참나의 진리인 '아트마 비드야(atma vidya)'를 배우는 데 도움이 되겠는가? 이 훌륭하고 멋진 도시와 궁전을 보라! 이것으로 충분하다. 시바 신의 도움을 찾아보자."

시바 신은 카일라스(Kailas) 산에서 가족과 함께 있었는데, 그들이 브라마 신을 피해 그곳까지 온 것을 이해해주었다. 그는 그들이 자기가 가족과 함께 있는 것을 보면 실망하리라 생각하고 그들에게 동정을 베풀어 영적인 지식을 나눠 주리라 생각했다. 그는 카일라스를 떠나 젊은 다크시나무르티(Dakshinamurti)의 모습을 하고 그들이 실망하여 집으로 돌아가는 길목인 마나사로바(Manasarovar) 호수 북쪽에 있는 반얀나무에 가부좌를 틀고 앉아 있었다. 그들이 다가와 그의 옆에 앉았을 때 그는 삼매에 들어갔다. 침묵이 흘렀고, 어느 순간 그들이 그를 보았다. 그들은 같이 삼매에 빠졌고, 그들의 의심은 사라졌다.

침묵이 진정한 영적 가르침이다. 침묵은 가장 진보한 단계에서만 적합하다. 그렇지 않은 사람은 침묵을 통해 모든 의미를 깨닫지 못한다. 그렇기에 진리를 설명하려면 말로 해야 하는 것이다. 하지만 진리는 말을 넘어선 세계에 존재한다. 그것은 구구한 설명이 필요하지 않은 것이며, 단지 지시하는 것으로만 가능하다.

Brahma's Pride

창조의 신
브라마의 자존심

한 가족이 먼 곳으로부터 와서 여섯 아들을 잃은 슬픔을 위로 받고자 했다. 한 수행자가 프라나야마(pranayama) 호흡법과 즈나나 수행을 통해 영혼의 깨달음으로 생을 지속하는 것에 대해 물었다.

바가반이 다정하게 대답했다.

"물론 그런 수행을 하면 오래 살 수 있다. 그런데 즈나니가 그저 오래 산다고 해서 되는 것인가? 깨달음을 얻은 사람은 육체에 대한 집착이 없어진다. 축복을 얻은 이에게 육체란 질병과 같은 것이기 때문이다. 그는 육체를 벗어날 수 있는 시간이 되기를 기다리는 것이다."

어린 시절의 마하르시

수행자가 말했다.

"혹자들이 말하기를 우리는 50년이나 살았다고 합니다. 더 이상 무엇이 필요하겠습니까? 마치 오래 사는 것이 자랑 같습니다."

바가반은 웃으며 말했다.

"그렇다. 그것도 일종의 자랑거리이지. 그에 대한 이야기가 있다."

아주 오랜 옛날의 일이다. 하루는 브라마 신이 자신이 꽤 오래 살았다는 것에 자부심을 느껴 비슈누 신에게 가서 말했다.

"내가 얼마나 대단한 사람인지 아는가? 나는 최고로 오래 산 사람이다."

비슈누 신은 더 오래 산 사람이 있다고 했으나, 브라마 신은 "나는 만물의 창조자이므로 그럴 리가 없다"라고 반박했다. 비슈누 신은 그보다 오래 산 사람과 만나게 하기 위해 그를 어딘가로 데리고 갔다. 그들이 멈춘 곳은 로마사 마하무니(Romasa Mahamuni)가 있는 곳이었다. 비슈누 신은 그의 나이가 얼마인지 물었다. 로마사는 말했다.

"내 나이를 알고 싶다고? 말해줄 테니 들어보시오. 이곳 유가(Yuga)는 수천 년의 역사를 지니고 있다오. 이 수천 년이 모여 브라마의 하루가 되는 것이오. 계산해 보자면 브라마의 나이는 백 년이 되는 것이지요. 그런데 그 브라마가 죽으면 그제야 나의 머리카락 하나가 빠져나가오. 브라마의 죽음에 따라 나의 머리카락이 빠져나갔고, 아직도 수많은 머리카락이 남아 있소. 이 머리카락이 다 빠지면 내가 죽는 것이오."

이 말에 놀란 둘은 아시타바크라에게 갔다. 그는 고행으로 몸에 여덟 개의 흉터를 얻은 수행자였다. 그들이 아까 들은 그 계산법을 아시타바크라에게 전하자 그는 이렇게 말했다.

"로마사 마하무니 같은 사람이 죽으면 내 몸의 흉터 하나가 사라지고, 흉터가 모두 사라지면 나는 죽는다오."

이 이야기를 듣고 브라마 신은 의기소침해졌다. 이와 비슷한 이야기가 많이 있다. 진정한 깨달음을 얻었다면 누가 이런 육체를 원하겠는가? 참나를 깨닫고 영원한 축복을 얻은 이에게 이 몸이 무슨 의미가 있겠는가?

Sweet of Speech

언어의 달콤함

시바 신의 아내이자 닥샤(Daksha)의 딸인 사티(Sati)는 그녀의 아버지가 시바 신을 모욕하자 불 속에 뛰어들어 자살했다. 그녀는 그 후에 히마반(Himavan)과 메나카(Menaka)의 딸 파르바티로 다시 태어났다. 그녀는 남편으로 시바만을 원했기 때문에 시바의 부인이 되기 위해 고행을 했다. 어머니 메나카는 그녀의 고행을 막기 위해 이렇게 말했다.

"우(U, 안 된다), 마(Ma, 포기해라)."

그래서 그녀의 이름은 우마(Uma)라고도 불린다. 메나카의 말이 별 도움이 되지 않는다는 것을 안 아버지

히마반은 그녀를 시바 신이 다크시나무르티의 현신(現身)으로 머물러 지내는 타포바나(Tapovana, 고행림)로 데려갔다. 그는 "나의 딸이 고행 수행을 배우고 싶어 하니 부디 당신의 가르침을 받게 해주십시오"라고 말했다. 그녀를 본 시바 신은 "어린 나이에 왜 고행을 배우려 하는가? 그냥 아버지가 있는 집으로 가는 것이 낫지 않겠는가?" 하고 물었고, 파르바티는 "싫어요. 안 갈래요"를 반복했다. 시바는 잘 타일러 그녀를 돌려보내려 했다.

"나는 이미 프라크리티(prakriti, 자연)를 넘어섰기 때문에 이 타파스(tapas, 고행)에 집중할 수 있다. 만일 네가 여기 있으려면 너는 자연의 파괴를 겪게 된다. 그러니 그냥 집으로 돌아가라."

파르바티 역시 재치 있게 대답했다.

"신이시여! 당신은 자연을 넘어섰다고 했습니다. 하지만 자연과 관계를 끊는다면 어찌 고행을 할 수 있겠습니까? 단지 말뿐일 것입니다. 당신이 자연 없이 고행 수행을 할 수 있겠습니까? 당신의 마음을 채우고 있는 자연을 모른다면 한 걸음이라도 걸을 수 있겠습니까? 만일 그 말이 사실이라면, 당신이 자연의 영향을 받지 않고 산다면, 어찌 내가 여기 머무는 것을 두려워하십니까?"

시바는 이 말에 매우 기뻐하며 말했다.

"인기타그나(Ingithagna), 즉 생각을 표현하는 뛰어난 기술을 가졌구나! 마두르바차니(Madhurvachani), 즉 달콤한 웅변술을 가졌구나! 여기에 머물도록 해라."

그러고는 아버지 히마반만 집으로 돌려보냈다.

Parvati's Test

여신 파르바티의 시험

스리 바가반은《시바 푸라나(Siva Purana)》경전을 보다가 말했다.

"시바는 초월적이고 우주적인 측면이 있어, 보이지 않거나 초월적인 존재로 인식되기도 하고, 링가(linga)의 측면을 지니기도 한다. 링가는 아루나찰라(Arunachala) 산으로 표현되었으며, 요즘에도 존재한다. 언어적인 측면에서도, 신비의 소리인 옴(AUM)은 초월적인 의미(니르구나, Nirguna)를 지니며, 음절로 된 만트라는 우주적인 의미(사구나, Saguna)를 지닌다."

이것을 설명하기 위해 스리 바가반은 파르바티가 라마를 시험한 일화를 들려주었다.

라마와 락슈마나는 시타를 찾기 위해 숲 속을 뒤지고 있었다. 라마는 비탄에 가득 차 있었는데, 그때 우연히 시바와 파르바티가 그곳을 지나고 있었다. 라마를 만난 시바는 그를 모욕하고 갈 길을 계속 갔다. 깜짝 놀란 파르바티는 시바 신에게 다가가 어째서 우주의 신이며 모든 사람에게 숭배받는 시바가 부인을 찾아 비탄에 빠져 험한 숲 속을 헤매는 한낱 인간에 불과한 라마를 모욕하는지 물어보았다. 그러자 시바가 답했다.

"라마는 단지 인간이 행동하는 것처럼 행동하고 있을 뿐이오. 그는 비슈누 신의 화신이면서도 모욕당할 만한 행동을 하고 있소. 믿기지 않는다면 시험해보시오."

파르바티는 그 문제를 깊이 생각하다가 라마가 시타의 이름을 외치며 미친 듯이 돌아다니는 것을 보고 시타로 변신하여 그의 앞에 나타났다. 라마는 시타로 변한 파르바티를 보더니 씩 웃으며 말했다.

"파르바티가 여기엔 웬일이오? 삼부(Sambhu, 시바 신의 다른 이름)는 어디에 있소? 어째서 시타의 모습을 하고 있는 거요?"

파르바티는 당황하여 시바가 그를 모욕한 것을 보

고 그 이유를 찾아 그를 시험해보려고 왔다고 말했다.

그러자 라마가 대답했다.

"우리는 모두 시바의 한 측면일 뿐입니다. 그가 보는 앞에서는 그를 숭배하고, 그가 없는 곳에서는 그를 생각하지요."

Going Round the Self

자신을 순례하는 일

어느 날 수행자들이 아루나찰라 언덕을 순례하는데, 나이 많은 수행자 한 명이 동행했다. 하지만 순례를 마칠 능력이 없다고 생각한 수행자는 다른 사람들이 출발하는 틈을 타 바가반에게로 빠져나왔다. 바가반이 어째서 이런 행동을 했느냐고 묻자 그는 "언덕 순례를 제대로 끝마칠 수 없을 것 같아 바가반에게 온 것입니다"라고 말했다. 바가반은 웃으며 말했다.

"당신 자신을 순례하라. 그것이 '아트마 프라닥시나(atma pradakshina)', 즉 참나의 탐구이다."

그러고는 다음 이야기를 들려주었다.

옛날에 시바 신이 아들 수브라마냐(Subrahmanya)를 가르치고자 했다. 시바 신은 파르바티와 함께 과일을 손에 들고 카일라스 산 정상에서 살았다. 그의 아들 가나파티(Ganapati)와 수브라마냐는 그 과일이 무엇이냐고 물었고, 시바 신은 세계를 한 바퀴 순례하고 먼저 돌아오는 이에게 그 과일을 주겠다고 했다. 자신이 이길 것이라고 자신한 수브라마냐는 자만심에 차서 즉시 자기가 가장 좋아하는 공작을 타고 형이 쫓아오지 않는 것을 확인하기 위해 가끔씩 뒤를 돌아보며 앞서 달렸다. 가엾은 가나파티가 탈 것이라고는 생쥐 한 마리밖에 없었다. 수브라마냐의 공작을 따라잡아 경주에서 이길 만한 능력이 안 된다고 생각한 가나파티는 시바와 파르바티를 찾아가 절을 하고 과일을 달라고 했다. 그들이 세계 일주를 끝냈느냐고 묻자 그는 말했다.

"이 모든 세계는 당신 안에 있습니다. 그러니 당신을 한 바퀴 돌면 세계를 한 바퀴 도는 것보다 낫지 않겠습니까?"

이 대답에 시바 신은 크게 기뻐하며 과일을 주었고, 가나파티는 주저앉아 과일을 먹었다.

경주에서 틀림없이 이겼다고 자신하며 세계 일주를

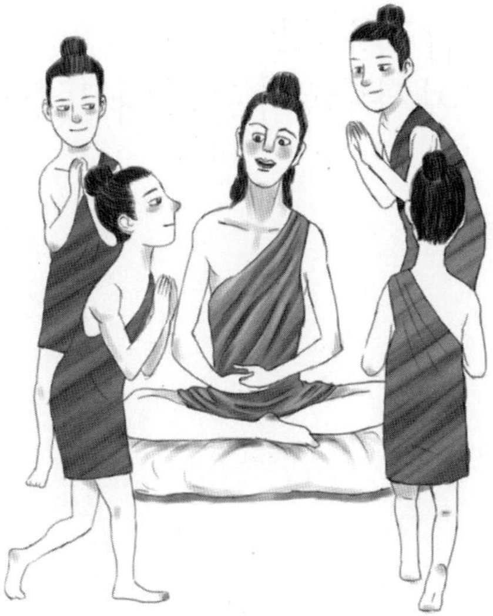

마치고 도착한 수브라마냐는 가나파티가 시바와 파르바티 앞에 앉아 과일을 먹고 있는 것을 보았다. 수브라마냐는 어찌 된 영문이냐고 시바 신에게 물었고, 그들은 사실대로 말해주었다. 수브라마냐는 자기가 위대한 성인이었다고 생각했던 허영심을 깨닫고 부모 앞에 꿇어앉아 용서를 빌었다.

세상을 회오리바람처럼 돌아다녔던 이기심은 패배했고, 참나에 흡수되었다. 이를 '아트마 프라닥시나'라 말한다.

Ardhanareeswara

반은 남자이고 반은 여자인 아르다나리스와라

오랜 옛날 '축복의 산'인 카일라스에서 위대한 신 시바와 여신 파르바티가 옥좌에 앉아 있었다. 그곳은 온갖 꽃들의 향기가 가득한 곳이다. 신인 데바와 성자인 리시(Rishi), 그리고 다른 수행자들이 원했던 혜택을 주어 그들을 돌려보낸 후 시바 신은 여신 파르바티에게 돌아왔다. 시바는 아름다운 미모에 고귀한 자태를 지닌 여신 파르바티에게 만족해했다. 시바 신이 자신에게 집중하고 있다는 확신에 기분이 좋아진 파르바티는 몰래 그의 뒤로 숨어 들어가 장난기 어리게 두 손으로 시바의 눈을 가리며 "누구게요?"라고 물었다.

그의 눈 세 개(달, 태양, 불)가 가려지면서 어두운 암흑이 수백만 년 동안 우주를 뒤덮었다. 시바의 한순간은 우리에게 영구한 세월이기 때문이다. 여신의 장난에서 비롯된 암흑은 세계를 암흑과 파괴로 몰아넣었다. 그 암흑 속에서는 어떤 활동도 불가능했고, 새로운 세대를 창조하지 못한 채 살아 있는 것들은 멸종했다.

이것을 본 시다들은 시바에게 우주의 평화를 간원했고, 이런 시다들과 여러 사람의 기원에 대답하고자 시바 신은 이렇게 말했다.

"내 눈에서 손을 떼시오!"

그 순간 여신 파르바티는 시바의 눈에서 손을 떼어 달과 태양과 불의 빛을 놓아주었고, 세상은 다시 빛을 찾았다. 시바는 아직도 자신에게 기도를 올리고 있는 시다에게 물었다.

"세상이 얼마나 암흑 속에 있었는가?"

그가 대답했다.

"당신에게는 한순간이었지만, 우리에게는 수백만 년입니다."

이 이야기를 들은 시바는 아내에게 돌아서서 인자하게 우주의 법칙인 다르마와 아르타(artha, 힌두교에서 부와 물질에 관련된 이득을 추구하는 행위. 전통적으로 인생의 네 가지 목표라고 보는 것 가운데 하나이다)에 대해 설명해주었다.

"이 세상의 어머니라 불리는 당신이 빛을 없애는 행위를 하다니 어울리지 않는 것이었소. 빛을 없앤다는 것은 적당한 시간이 되면 내가 알아서 할 일이오. 당신의 어리석은 행동으로 불필요한 암흑을 초래하고 말았소. 어떻게 사랑의 화신이라는 당신이 당신의 피조물들에게 고통을 주는 행위를 할 수 있단 말이오? 당신은 동정과 연민 그 자체이기 때문에 장난으로라도 남에게 해를 주어서는 안 되오."

그의 말을 들은 파르바티는 크게 뉘우치며 어찌하면 속죄할 수 있는지 알려달라고 애원했다. 시바는 그녀의 뉘우침과 헌신에 기뻐하며 말했다.

"어떻게 나 없이 당신 혼자 참회를 하겠소? 게다가 당신은 올바른 다르마의 길을 걷고 있지 않소? 그러니 내가 당신의 수행에 맞는 참회를 알려주겠소. 당신은 종교적인 의식에 가장 적합한 이 지구의 안녕을 기원하는 카르마부미(Karmabhoomi)의 공적을 세우시오. 사람들이 당신의 참회의 행동을 보면 다르마에 대한 믿음이 더욱 깊어질 것이오. 그들은 다르마를 계속 받들게 될 것이오. 영원한《베다》는 당신을 절대 존재로 받아들일 것이오. 칸치푸람(Kanchipuram)이라 불리는 도시는 지구에 있는 천국이오. 거기서 참회를 한다면 그것은 끝없는 영향을 미칠 것이오. 나는 순수한 존재로 아무 형태 없이 당신 마음속에 있겠소. 그러니 나와 떨어져 있다는 근심을 할 필요는 없소."

그녀는 이 말을 듣고 당장 남쪽으로 길을 떠났다. 당시 카시(Kasi) 왕국에는 기근이 계속되어 사람들이 굶주림으로 고통받고 있었다. 길을 가다 이를 보고 가엾게 여긴 그녀는 안나푸르나(Annapurna)라는 이름으로 큰 창고를 만들었고, 결코 텅 비는 일 없이 음식으로 가득 채워지게 하여 수천 명의 사람을 먹였다. 오래 지나지 않아 그녀의 명성은 온 나라에 알려졌다.

카시의 왕은 자신의 곡창이 텅 비게 된 것을 알고 어떻게 해야 할지 고민하고 있었다. 안나푸르나라는 이름의 여인이 가난한 사람을 먹여 살린다는 이야기를 들은 왕은 그녀의 능력을 시험해보기 위해 신하를 보내 그녀에게 쌀을 좀 꾸어 오게 했다. 그러나 얼마 후 그는 빌리려고 하지 말고 직접 와서 먹으라는 답변을 들었고, 이에 왕과 대신은 변장을 하고 그녀에게 가서 그녀가 주는 음식을 먹었다. 왕은 음식이 끊임없이 제공되는 것을 보고 거기에는 인간의 힘이 아니라 무언가 성스러운 힘이 있을 것이라고 생각했다. 그래서 음식을 먹은 후 안나푸르나에게 가서 무릎을 꿇고 기도했다.

"위대한 어머니시여! 부디 축복을 내리어 우리를 구원해주십시오."

왕의 헌신에 감명받은 그녀는 본래의 모습으로 나타나 말했다.

"나의 아들아, 너의 헌신을 보니 기쁘구나. 내가 여기에 머무는 동안 너의 나라는 기근이라는 악마로부터 벗어날 수 있었느니라. 이제 비를 내려 더 이상의 기근을 없애겠노라. 나는 더 오래 이곳에 머물 수 없다. 나는 참회를 위해 남쪽으로 가야 하니, 그대는 국민을 행복하게 잘 다스려라."

왕은 말했다.

"정히 그러하시면 우리가 당신을 경배하게 해주십시오."

이에 그녀는 응하고 곧 떠났다. 사람들은 그녀를 안나푸르나라고 불렀으며, 그녀가 있던 곳에는 안나푸르나 사원이 생겼다.

그녀는 남쪽에 있는 칸치푸람으로 갔다. 거기에서 그녀는 맑고 성스러운 캄파(Kampa) 강을 보고 강둑에서 고행을 하기로 했다. 그녀는 좋은 옷과 여러 가지 장신구를 벗어 던지고 나무껍질로 된 옷을 입고 루드락샤(rudraksha, 시바 신의 눈. 만트라를 외우는 자파를 하기 위한 염주)를 걸쳤다. 또 몸 전체를 성스러운 재로 칠했다. 그녀는 직접 주운 옥수수 이삭을 먹으며 계속해서 시바의 이름을 외웠다. 하루에 세 번씩 그녀는 캄파 강에서 목욕을 하고, 캄파 강의 모래로 링가의 형상을 만들었다. 그녀는 헌신하는 마음으로 그것을 경배했다. 또한 그녀를 보러 온 성자나 마하르시(maharshi, 깨우친 자)를 경건히 맞아주었다. 성자들은 그녀의 준엄함에 경이로움을 느꼈다.

어느 날 그녀가 캄파 강둑에서 모래로 만든 링가를 경배하고 있는데, 이를 본 시바 신이 그녀의 헌신을 시험해보기 위해 강물이 둑을 넘치게 했다. 큰 물결이 다가오는 것을 본 그녀의 친구들이 그녀에게 경고했고, 그녀는 홍수가 밀려오는 것을 보았다. 그녀는 자신의 기도가 방해받는 것을 슬퍼하며 물살에 링가가 쓸려나가지 않게 꼭 끌어안았다. 그러면서 친구들에게 말했다.

"어쩌겠는가? 무슨 일이 닥치더라도 신을 숭배하는

것을 멈출 수는 없다. 부단한 공을 쌓은 사람만이 자신이 세상에서 해야 할 선행을 이룰 수 있으며, 마음의 모든 욕구를 충족시킬 수 있는 다르마를 수행할 수 있다. 시바 링가는 모래로 만들어졌다. 홍수가 닥치면 무너지리라. 만일 링가가 무너진다면 진정한 헌신도 없어지는 것이니, 이 홍수는 시바 신이 나를 시험하기 위해 시바 마야(Maya)의 환영의 힘을 통해 일으킨 것이다. 나는 한 치의 두려움 없이 나의 숭배를 계속하리니, 친구들이여 빨리 도망가거라."

그녀는 급류에 휘말리면서도 결코 포기할 줄을 몰랐다. 그녀는 링가를 끌어안아 헌신적으로 지키고, 눈을 뜬 채로 마음을 집중하여 시바를 경배했다. 그때 하늘에서 성스러운 소리가 들렸다.

"소녀여, 이 물결은 이제 가라앉는다. 그러니 그 고귀한 링가에서 떨어져도 된다. 그 링가는 너의 경배를 받아 명성을 얻을 것이고, 너는 신의 축복을 얻을 것이다. 너의 참회가 성공하기를 빌며, 링가에 대한 경배를 보는 모든 인간이 다르마를 통해 그들의 삶의 목표를 얻기를 빌겠다. 나는 이 지구 위에서 생명체들의 자유를 위해 눈부시게 빛나련다. 그것이 이 세상의 모든 죄

악을 없앨 수 있다면, 그것을 보는 사람들의 속박의 굴레를 벗을 수 있게 한다면, 그것을 아루나찰라, 즉 속박과 굴레를 벗어나는 언덕이라 이름 지으리라. 리시, 시다, 간다르바(Gandharva, 음악의 신), 요기들이여, 이곳에 와서 경배하라. 카일라스 봉우리와 메루(Meru) 산을 위하여 그리로 가서 가우타마 성자에게 나에 대한 헌신과 아루나찰라의 영광과 더 많은 참회를 배울 수도 있으리라. 나는 너희에게 나의 빛을 나누어 주어 세상의 모든 악이 사라지고 번영이 오게 하리라."

시바 신의 말을 듣고 파르바티는 "그렇게 하겠습니다" 하고 말하고는 즉시 아루나찰라로 향했다. 그녀는 자신을 따라오려는 수행자들에게 이렇게 말했다.

"성스러운 캄파 강둑 위에서 너의 수행을 하도록 하라. 이 모래로 된 링가는 세상의 모든 악을 소멸하고 번영을 가져다줄 것이다. 내가 그것을 경배하여 나를 따르는 자들로부터 카마크시(Kamakshi, 시바 신의 반려자)로 존경받고, 그들의 요구를 채워주고 축복해줄 수 있게 하라. 나를 경배함으로써 그들이 욕망하는 구원을 얻게 하라."

그러고 나서 그녀는 아루나찰라로 떠났다. 그녀는

그곳에서 많은 수행자들, 시다와 요기와 리시들을 보았다. 그 모든 마하르시들은 자신들에게 와달라고 했으나, 그녀는 시바의 명령으로 가우타마를 보러 가야 한다고 했다. 그래서 그들은 그녀를 산호 언덕 밑에 있는 가우타마의 아슈람으로 데려갔다. 가우타마의 아들인 사타난다(Satananda)는 열정에 찬 헌신으로 그녀를 경배하며, 자신이 숲 속에 있는 아버지 가우타마를 데려올 때까지 그곳에 머물러 있으라고 했다. 그때쯤 가우타마는 집을 향해 출발했고, 아버지를 만난 사타난다는 흥분하여 아버지에게 달려가 성모가 그들의 아슈람으로 왔다고 말했다. 그녀가 눈을 한 번 깜박일 때마다 숲은 푸르게 되고, 온갖 과일과 꽃들로 가득 찼다. 놀란 가우타마는 아들에게 그것이 사실인지 물었고, 사타난다는 떨리는 목소리로 "성스러운 어머니 파르바티가 직접 오셨어요"라고 말했다.

이 말에 마찬가지로 흥분하고 기뻐한 가우타마는 서둘러 그곳으로 가서 파르바티를 보고 경배를 드렸다. 성모 파르바티가 가우타마의 지시에 따라 오랜 참회를 마치자 드디어 위대한 신 시바가 그녀 앞에 나타나 그녀가 무엇을 원하든 축복을 내리겠다고 했다. 큰 감동을 받은 파르바티는 존경의 마음으로 기도를 올려 시바 신의 반쪽이 되고 싶다고 간청했다.

"나는 더 이상 각각의 분리된 몸으로 살아갈 수 없습니다. 당신과 내가 이렇게 분리되어 있으면 이러저러한 실수를 또 일으켜 결국은 수많은 후회와 참회를 거듭하며 떨어져 지내야 하는 고통을 겪기 때문입니다."

그녀의 말을 들은 시바 신은 그 요구를 받아들여 그녀를 아르다나리스와라(Ardhanareeswara)로 결합했다. 아르다나리스와라는 반은 남자이고 반은 여자인 형태이다. 이렇게 하여 우주의 어머니인 암바(Amba, 파르바티의 다른 이름)가 시바 신의 반쪽이 된 것이다.

제3부

남인도의 경전, 《페리야 푸라남》

《페리야 푸라남》은 남인도 타밀 지방의 시바파 수행자인 세기자르(Segizar)가 타밀어로 쓴 경전으로, 시바파 수행자인 사이바이트(saivite) 63인의 생애를 그린 책이다. 이 책은 스리 바가반의 어린 시절에 깊은 인상을 남겼다. 바가반은 가장 유명한 사이바이트 성자로 다음 네 명을 꼽았다.

"순다라무르티의 신에 대한 헌신은 친구의 그것이었고, 마니카바차카르(Manikkavachakkar)의 헌신은 연인의 그것이었다. 또 아파르(Appar)의 헌신은 하인으로서의 그것이었고, 삼반다르(Sambandar)의 헌신은 아들로서의 그것이었다."

The Fire of Devotion

헌신하는 자에게 행해지는 기적

수행자들이 무아지경의 상태에 있는 여인의 손 위에 사탕과 아몬드가 떨어진 기적적인 현상에 대해 이야기하는 것을 보고 바가반이 말했다.

"우리는 그런 일들에 대해 많이 들었다. 그런 행위를 만들어내기도 한다. 그렇다면 누가 그런 현상을 보거나 체험할 수 있겠는가? 그것을 알아야 할 것이다."

시인인 카라이칼 암마이야르(Karaikal Ammaiyar)는 시바 신의 헌신자였는데, 그녀의 남편은 돈 많은 상인으로, 이름은 부를 타고났다는 뜻의 파라마다탄(Paramadattan)

이었다. 그녀의 이름은 원래 푸니타바티야르(Punithavathiyar)이며, 그 뜻은 순수하다는 것이었다. 그녀는 종교적인 믿음이 깊었고, 찾아오는 사람들에게 영적인 기쁨을 주려고 했다. 하루는 남편이 사업차 만난 사람에게서 받은 망고 두 개를 그녀에게 주었는데, 때마침 헌신자 한 명이 구걸을 하러 왔다. 밥 외에 줄 것이 없었던 그녀는 밥과 함께 망고를 주었다. 오후에 집에 돌아와 망고 하나를 먹은 남편은 매우 만족해하며 남은 망고도 먹고 싶다고 했다. 그녀는 자신이 신을 믿는 헌신자에게 망고 하나를 주었으니 신이 자신을 버리지는 않을 것이라 믿으며 마음으로 기도를 올렸다.

잠시 후 그녀는 자신의 손에 망고가 하나 쥐어져 있는 것을 발견했고, 그것을 남편에게 가져다주었다. 그것은 성스러운 선물이어서 그 맛은 다른 열매에 비할 수가 없었다. 이상하게 여긴 남편은 어디서 났느냐고 물었다. 그녀는 사실을 말하는 것이 겁이 났지만 솔직하게 말했다. 믿을 수 없었던 남편은 사실이라면 하나를 더 구해달라고 했다. 그녀는 신에게 가서 빌었다.

"신이시여, 만일 당신이 망고를 하나 더 주시지 않으면 저는 믿을 수 없는 여자가 되고 맙니다."

그 말이 끝나자 다시 하나의 망고가 생겨 남편에게 가져갔으나, 남편이 망고를 집는 순간 사라졌다. 이러한 이상한 일을 경험한 남편은 그녀 같은 성스러운 인물과는 함께 살 수 없다고 생각했으나, 아무에게도 이야기하지 않았다.

어느 날 그는 배를 하나 전세 내어 그 배에 재산의 대부분을 싣고 길일을 택해 바다의 신에게 경배드린 후 다른 나라로 갔다. 많은 시간이 흐른 후 돈을 많이 벌어 고향으로 돌아온 그는 한 상인의 딸과 결혼하여 부를 누리며 잘 살았다. 그들 사이에는 딸이 하나 있었는데,

첫 아내의 이름을 따서 푸니타바티야르라 했다. 그에게는 그녀에 대한 두려움과 함께 존경심도 남아 있었다.

그가 돌아와 부유하게 살고 있다는 사실을 알게 된 그의 친구는 첫 번째 아내에게 돌아가라고 했다. 그 친구는 그녀의 친척이었다. 그가 친구의 말을 무시하자 친구는 그의 성스러운 아내를 가마에 싣고 그의 새로운 거주지로 찾아왔다. 그는 아내와 친척들이 마을 앞 작은 숲에 도착했다는 소식을 듣자 두려움에 떨며 숲으로 두 번째 아내와 딸을 데리고 갔다. 그는 경건한 태도로 말했다.

"당신의 노예인 저는 여기서 당신의 축복 덕분에 부유하게 살고 있습니다. 나의 딸에게는 당신의 성스러운 이름을 붙여주었습니다. 저는 당신을 영원한 여신으로 경배할 것입니다."

가엾은 푸니타바티야르는 그의 경배에 당황하여 친척들 사이로 숨어버렸다. 주변에 있던 사람들은 모두 "어떻게 자신의 아내에게 저렇게 말할 수 있을까?" 하고 말했다. 이 말에 파라마다탄은 대답했다.

"나는 그녀가 행한 기적을 보았소. 그래서 그녀와 헤어지기로 결심했던 것이오. 그녀는 나의 수호신이며,

나는 내 딸을 그녀에게 바쳤습니다."

이 말을 들은 푸니타바티야르는 시바 신에게 기도했다.

"이것이 제 남편의 믿음입니다. 제가 그에게 보여주었던 아름다움을 가져가주시고, 무거운 육체를 없애주시며, 오직 그대를 찬양하게 하소서."

그 순간 그녀는 모든 살이 말라버려 해골처럼 되었다. 그리고 그녀는 하늘의 세계와 땅의 세계가 거룩하게 품어주는 시바의 하인이 되었다. 신은 꽃으로 된 비를 땅에 뿌렸고, 하늘에서는 천사의 노랫소리가 들렸으며, 그녀의 친척들은 그녀에게 경배를 드리고 떠났다. 그녀는 해골의 모습으로 알란카두(Alankadu)에 있는 정글에서 신의 수호 아래 성스러운 시를 노래하며 살았는데, 그 노래들은 지금도 불리고 있다.

시간이 흐른 후 그녀에게 성스러운 산 카일라스를 보고 싶다는 억제할 수 없는 욕망이 생겨났고, 그녀는 굉장한 속도로 북쪽을 향해 여행을 시작해 카일라스 산에 도착했다. 그녀는 그렇게 성스러운 산을 발로 밟는 것은 올바른 행위가 아니라고 여겨 발을 공중으로 세운 채 오로지 머리만을 땅에 대고 산을 올라갔다.

그것을 본 우마 여신은 남편인 시바에게 물었다.

"저렇게 이상한 행동을 하며 산을 올라오는 저 여자는 누굽니까? 비쩍 말라서 단지 사랑의 힘만으로 버티고 있는 해골 같은 사람 말이에요."

시바 신이 대답했다.

"그녀는 카라이칼 암마이야르이고, 자신의 기도에 의해 저런 형상을 지니게 되었소."

그녀가 가까이 오자 시바 신은 사랑스러운 언어로 그녀에게 '암마(Amma, 어머니라는 뜻)'라 불렀다. 시바 신은 "나로부터 어떠한 은총을 원하느냐?" 하고 물었다.

그녀는 "아, 신이시여! 당신의 종인 저에게 끝없는 사랑과 무한한 축복을 내려주소서. 어느 곳에 어느 형태로 있든 당신을 잊지 않게 해주세요. 그리고 당신이 성스러운 춤을 추실 때 곁에 서 있게 해주세요"라고 말했다.

시바 신은 "알란카두에 가면 나의 춤을 볼 수 있을 것이다. 그리고 환희에 차서 노래할 수 있을 것이다"라고 말했다. 그녀는 그 후 알란카두로 돌아가 시바 신의 춤을 추고 시바 신을 경배하는 서정적인 노래를 부르며 살았다.

Mother's Blessings

성스러운 어머니의 축복

삼반다르는 전형적인 브라만 가정에서 태어났다. 그가 세 살 때, 아버지가 저수지에서 목욕을 하는 것도 모르고 두려움과 걱정에 싸여 아버지를 찾았던 적이 있다. 그가 울면서 아버지를 찾자 하늘에서 시바 신과 파르바티가 나타났다. 시바 신은 파르바티에게 아이에게 젖을 먹이라고 권유했다. 그 젖은 즈나나, 즉 지혜의 젖이었다. 그 후 그는 성자가 되었고, 자신의 몸과 마음을 시바 신에게 바쳤다.

즈나나의 젖을 먹고 행복에 겨운 삼반다르는 강둑에서 젖을 흘리며 앉아 있었다. 목욕을 하고 나온 아버지는 아들의 모습을 보고 화가 나서 이렇게 말했다.

"누가 너에게 젖을 먹이더냐? 너는 모르는 사람이 젖을 주는데도 거리낌 없이 빨았단 말이냐?"

그러자 삼반다르는 타밀어로 된 10행의 시로 대답했다.

"성스러운 귀걸이를 하고, 성스러운 황소를 타고, 머리에 흰 달을 얹은 채 몸에 화장터의 재를 칠한 사람이 나의 마음을 앗아갔다네. 그는《베다》경전을 손에 쥐고 브라마가 고행할 때 창조자 브라마를 축복하러 왔다네. 브라마의 보금자리를 성스럽게 한 그는 나의 아버지, 나에게 젖을 준 그녀는 나의 어머니. 그들은 저기 있다네!"

이렇게 말하며 삼반다르는 사원을 바라보았다. 이 시로 그에게 젖을 준 것이 시바와 파르바티임이 확실해졌다. 사람들은 아이의 주위에 모여들었고, 아이의 시는 끊임없이 흘러나왔다.

The Lord is within Me

신은 내 안에 있나니

마두라이(Madurai)의 왕인 판디안(Pandyan)은 자이나교를 믿었다. 그의 아내는 촐라(Chola) 왕의 딸로, 시바 신을 신봉했다. 그녀는 위대한 성자인 삼반다르의 업적을 듣고, 그가 베다란얌(Vedaranyam)에 머물고 있다는 것을 알았다. 그녀는 역시 시바 신을 믿는 대신의 도움을 받아 그 성자에게 잠깐 들러달라는 말을 전달했다. 성자는 그 말을 듣고 그녀를 방문했다. 그런데 그녀가 본 성자는 겨우 열 살이 될까 말까 한 어린아이였다. 그녀는 그 어린아이가 왕의 측근인 쟁쟁한 자이나교 지도자들과 견줄 만한 능력이 있을까 크게 걱정이 되었고, 그를 왕 앞에 내놓는 것이 왕에게 창피를 주는 일은 아닐까 걱정했다. 어린 성자는 노래를 몇 마디 불렀는데, 그 내용은 왕비에게 확신을 주기에 충분했다.

"나는 저들에 비해 결코 모자라는 사람이 아니라오. 신은 내 안에 있으니 결코 두려워 마시오."

이 이야기에 한 헌신자가 말했다.

"그 노래는 왕의 측근인 자이나교 지도자들의 이름을 언급하며 그들을 경멸하고 '신이 내 안에 있으니 나는 결코 그들에게 뒤지지 않는다'고 말한 것입니다. 그 노래를 들려준 것은 큰 희망을 준 것이었습니다."

바가반이 거들었다.

"이 일은 그 성자가 마두라이로 온 이후에 생긴 것이다. 베다란얌에 도착한 즈나나 삼반다르가 왕비의 초대에 마두라이로 가려 할 때 삼반다르의 동료인 아파르는 이렇게 말했다. '제발 가지 말아요. 오늘은 불길한 날입니다. 그곳의 자이나교 신자들은 무섭고 힘 있는 사람들이랍니다.' 이 말에 삼반다르는 '코랄루 파디캄(Kolaru Padhikam)'을 노래했다. '신은 내 안에 있나니, 내 마음에 있나니, 어떤 날도 어떤 별자리도 나의 운을 빼앗지 못할지니, 나에게는 언제나 길일이로다.'"

그날 오후 바가반은《테바람(Thevaram, 6~9세기 시바파 성자들의 찬송가 모음집)》의 몇 구절을 크게 읽었다. 시의 마지막 행을 읽고 바가반은 이렇게 말했다.

"내가 아침에 첫 행을 읽을 때는 '신은 내 안에 있나니'라는 것을 그냥 '신이 존재한다'라고 생각했다. 나는 내 번역이 제대로 되었는지 궁금했다. 마지막 행을 읽고서야 비로소 나는 그 성자가 말하려 했던 내용이 그야말로 '신이 내 안에 존재한다'라는 것임을 확실히 알 수 있었다. 그 외에도 코랄루 파디캄의 모든 면이 확실해졌다. 그 시의 마지막 부분을 보라. 거기서 그는 노래했다. '이 시얄리(Shiyali)의 왕과 타밀의 지배자들이 노래하는 이에게는 어떤 불행도 주지 않으리니.' 그의 마지막 노래에도 버슷한 내용이 쓰여 있다. '나의 명으로 이를 읽는 자는 구원을 얻으리니.'"

Pilgrimage to Sri Arunachala

아루나찰라의 노래

《스리 라마나 릴라(Sri Ramana Lila)》에는 이런 이야기가 있다. 삼반다르가 티루반나말라이(Tiruvannamalai)로 가는 도중에 산적을 만나 그가 지닌 것을 모두 빼앗겼다. "그는 지식과 지혜를 가진 사람이었는데, 도대체 그가 지녔던 것은 무엇이었습니까?" 하고 수리 나감마가 질문했다.

"그래, 그는 분명히 헌신자의 길을 걸었지. 그래서 그는 금으로 된 종과 진주로 장식된 가마와 그 외에 신과 관계있는 몇 가지 상징을 지니고 있었고, 또 사원에 필요한 것들도 가지고 다녔다" 하고 스리 바가반이 대답했다.

"그렇습니까? 그걸 모두 어디서 얻었습니까?" 하고 수리 나감마가 물었다.

바가반은 목멘 소리로 말했다.

"그가 즈나나 삼반다르라는 이름을 얻게 되었을 때부터였는데, 그 이름은 그가 아주 어렸을 때부터 끊임없이 시를 노래하며 순례를 계속했기 때문에 붙여진 이름이다. 그는 처음에 티루콜라카(Thirukolakka)라는 성지를 방문했는데, 그곳 사원에 들어가 신을 찬양하는 노래를 손으로 박자까지 맞추어가며 불렀다. 그때 신의 은총으로 신비한 다섯 글자가 새겨진 금으로 된 심벌즈가 그의 손에 생겨났다. 그는 그 심벌즈로 박자를 맞추며 노래를 불렀다. 다음에 그는 치담바람과 몇몇 성지를 들른 후 순례의 중심지인 마란파디(Maranpadi)라는 곳으로 향했다.

알다시피 당시는 기차란 것이 없던 시절이었다. 신은 어린 성자가 맨발로 성지로 걸어오는 것을 보고 마음이 아파 출가수행자에게 맞는 진주로 장식된 가마와 우산, 출가 그밖의 몇 가지 물품을 만들어 사원에 갖다 놓고는 브라민 승려와 삼반다르의 꿈에 나타났다. 신은 브라민에게 말했다.

'이것들을 때가 되면 삼반다르에게 주어라.'

그리고 삼반다르에게는 이렇게 말했다.

'저 브라민이 너에게 이 모든 것을 줄 것이니 사양하지 말고 받거라.'

그것은 신의 선물이었기 때문에 거절할 수 없었다. 그래서 삼반다르는 그것을 은총이라 생각하고 기쁘게 받았다. 그러고는 가마에 올랐다. 그때부터 그는 가고 싶은 곳 어디든 그 가마를 타고 갈 수 있었고, 차츰 그를 따르는 무리가 생겨나 결국 사원이 세워졌다. 그러나 그는 성지에 다다를 즈음이면 사원의 탑을 보는 즉시 가마에서 내려 걸어서 그곳으로 갔다. 아루나기리(Arunagiri)의 꼭대기는 티루코일루르(Tirukoilur)에서 보였으므로 그곳에서부터 걸어왔다."

한 타밀의 수행자가 그 방문 내용은《페리야 푸라남》경전에 정확히 명시되어 있지 않다고 말하자, 바가반은 이렇게 대답했다.

"그렇지, 그것은《페리야 푸라남》에는 없지. 그렇지만 우파마뉴(Upamanyu)의《시바 박티 빌라삼(Siva Bhakti Vilasam)》에는 산스크리트어로 적혀 있다. 삼반다르는 아라칸다날루르(Arakandanallur)의 최고의 신인 비라테스와라(Viratteswara)를 숭배했고, 그의 경배의 시 때문에 신의 은총을 받았다. 그 후 그는 마찬가지로 아툴리아나테스와라(Athulyanatheswara)를 존경했다. 그곳에서 그는 아루나기리 꼭대기를 보고 기쁨에서 우러나오는 노래를 부르고, 아루나찰레스와라(Arunachaleswara)의 이미지를 부각시켰다."

그가 만다팜(mandapam, 사원의 강당)에 앉아 있을 때 아루나찰레스와라 신이 나타났는데, 처음에는 빛의 형태로, 그다음에는 노승의 모습으로 나타났다. 삼반다르는 그 노승이 누구인지 몰랐다. 노승은 꽃바구니를 들고 있었는데, 갑자기 삼반다르의 마음이 그에게 자석에 이끌리듯 끌렸다. 그는 즉시 합장을 하고 물었다.

"어디서 오시는 길이신지요?"

"나는 아루나찰라에서 오는 길이외다. 내가 사는 마을이 이 근처랍니다" 하고 노승이 말했다.

그의 말에 삼반다르가 놀라서 물었다.

"아루나찰라라고요! 여기까지 오시는 데 얼마나 걸렸습니까?"

이에 노승은 별일 아니라는 듯 대답했다.

"얼마나 걸렸냐고요? 나는 매일 아침 여기까지 아

젊은 시절의 마하르시

루나찰라의 신에게 바칠 꽃을 따러 왔다가 저녁까지는 돌아가지요."

삼반다르는 깜짝 놀라서 다시 물었다.

"그렇습니까? 거기까지는 꽤 멀다고 하던데."

그러자 노승이 말했다.

"누가 그래요? 넘어지면 코 닿을 곳인데."

이 말에 삼반다르는 아루나찰라에 가고 싶은 생각이 들어 물었다.

"그렇다면 거기까지 걸어가도 됩니까?"

노승은 대답했다.

"물론이지요! 나 같은 늙은이도 하루면 왔다 가는데 당신 같은 젊은이가 못 가겠수? 농담 마시오."

삼반다르는 가고 싶은 열망에 노승에게 매달렸다.

"그렇다면 나를 그곳까지 좀 데려다주시겠습니까?"

그리하여 그가 친구들과 함께 노승을 좇아가는데, 갑자기 노승이 사라져버렸다. 그리고 그때 한 무리의 도적이 나타나 가마와 우산, 진주, 금 종 등 귀한 물건을 빼앗고, 심지어 그들의 옷까지 빼앗았다. 그들은 속옷 차림으로 남겨졌다. 길도 몰랐고, 태양빛 아래라 그늘도 없었으며, 모두 때를 걸러 배가 고팠다.

삼반다르는 신에게 빌었다.

"아, 신이시여! 제게 어떤 일이 생기든 저는 상관하지 않습니다만, 저의 동료들이 이 고통을 당하는 것은 원치 않습니다."

이 말을 들은 신이 본래 모습을 나타내며 말했다.

"듣거라, 그 강도들도 내가 시킨 사람들이었느니라. 그들이 너의 물건을 빼앗은 것은 네가 아무런 허세와 과장 없이 아루나찰라 신을 경배하러 가게 하기 위해서였느니라. 네가 거기에 도착하면 모든 물건을 다시 찾게 될 것이니 걱정 말고, 지금은 늦었으니 일단 잔치를 즐긴 후 다시 출발하도록 하거라."

이 말을 마치고 신은 다시 사라졌다. 그 순간 갑자기 커다란 천막이 근처의 공터에 생기더니 승려 몇 명이 그곳에서 나와 그들의 천막으로 삼반다르 일행을 초대했다. 그들은 맛있는 음식과 백단향 반죽, 구장나무 잎 같은 것들로 일행을 대접했다. 잔치를 즐긴 삼반다르는 신이 직접 베풀어주는 향연을 즐긴 셈이었다. 잠시 향연이 중단되었을 때, 한 승려가 천막에서 나와 이렇게 말했다.

"현자여, 우리가 함께 아루나찰라로 가도 됩니까?"

삼반다르는 굉장히 반기며 그 승려들과 함께 출발했다. 그러나 그들이 출발한 지 얼마 되지 않아 천막과 승려들이 갑자기 사라져버렸다. 이 희한한 일에 삼반다르가 어리둥절해 있는데, 그들을 아루나찰라로 인도하는 승려도 그들이 그곳에 도착하자마자 갑자기 사라졌다. 이때 사람들과 천막, 그리고 그의 물건을 도둑질했던 강도들이 사방에서 나타나더니 전에 약탈한 물건을 삼반다르 앞에 갖다 놓았다. 그러고 나서 그들 역시 사라졌다.

그는 환희와 기쁨을 온몸으로 느끼며 신의 친절함에 감동하여 그에게 기도를 드렸고, 그곳에서 며칠을 머물며 꽃으로 신을 경배하고 노래로 신을 칭송했다. 그러고 나서야 그들은 다시 여행을 떠났다. 삼반다르의 신에 대한 충심에 이끌린 신이 그를 여기까지 초청한 것이었다.

"즈나나 삼반다르는 그리하여 가장 유명한 박타가 되었고, 훗날 사람들의 칭송을 받았다. 그는 생생하고도 활기찬 생을 살았으며, 남인도 지방으로 몇 차례 순례를 떠나기도 했다. 그는 16세 때 결혼했는데, 신랑과 신부는 혼인식이 끝난 후 신의 축복을 받기 위해 지방의 사원으로 가기로 했다. 여러 일행과 함께 그들이 사원에 도착했을 때, 사원은 빛을 발하여 눈으로 볼 수도 없을 지경이었다. 그때 그 가운데에 통로가 생겼고, 삼반다르는 그 통로로 사람들을 들여보내고 자기는 아내와 함께 빛의 주위를 몇 바퀴 돌고 나서 다른 사람들을 따라 그 빛 안으로 들어갔다. 그러자 빛은 아무런 자취도 없이 사라지고 사원은 전과 같은 모습을 되찾았다. 성자 삼반다르는 이렇듯 다사다난한 인생을 살았다."

이렇게 말한 후 바가반은 침묵을 지켜 그의 가슴이 헌신의 열정으로 가득 차고, 북받치는 감정에 말이 떨리는 것을 숨기려 했다.

Saint Appar

성자 아파르의 탄생

아파르는 티루무나이파디(Thirumunaipadi) 지방의 티루바무르(Tiruvamur)라는 마을에서 시바파 수행자의 아들로 태어났다. 그의 아버지의 이름은 푸가자나르(Pugazhanar)이고, 어머니의 이름은 마디니야르(Madiniyar)였다. 그의 부모는 그에게 마룰 니키야르(Marul Neekkiyar)라는 이름을 지어주었고, 그에게는 틸아카바티(Tilakavati)라는 누나가 한 명 있었다. 그는 자라면서 모든 학문에 능통하게 되었다. 틸아카바티가 열두 살 되었을 무렵, 부모님은 그녀를 왕의 휘하에 있는 군대의 지휘관에게 시집보내기로 했다. 마침 그때 그 나라에 전쟁이 일어났는데, 그 지휘관은 전쟁에서 돌아오면 그녀와 결혼하겠노라고 말했다. 그러는 동안 마룰 니키야르의 아버지가 돌아가시고, 어머니도 죽은 남편의 시신과 함께 화장되는 사티(Sati)에 처해졌다.

마룰 니키야르는 누나와 단둘이 남겨졌는데, 그 지휘관이 돌아오기를 손꼽아 기다렸으나 결국 전사했다는 소식을 들었다. 틸아카바티는 사티를 하기로 결심했다. 부모가 그녀와 지휘관의 결혼을 언약했으니 그녀의 몸은 그의 것이라 생각했던 것이다. 마룰 니키야르는 비탄에 빠져 누나 앞에 무릎을 꿇고 부모를 보듯이 우러러보며, 그녀가 지휘관과 같이 죽는다면 자신도 자살할 것이라고 매달렸다. 그녀는 동생이 자살하지 않고 잘 살기를 바라는 마음에 생각을 바꾸어 사티를 하지 않았으나, 평생 결혼하지 않고 집에 머물면서 시바 사원의 일을 봐주고 고행을 하며 살았다.

마룰 니키야르는 물질적인 부란 허망한 것임을 깨달았다. 결국 그는 자신이 가진 가치 있는 물건들을 모두 버리고 산야시가 되어 집을 떠나 방황하던 중에 자이나교 사원인 사마나(Samana) 사원을 찾았고, 운명에 이끌리듯 자이나교에 입문했다. 그는 이후 다르마세나

(Dharmasena)라는 이름을 받고 그곳의 우두머리가 되었다. 왕실의 시인이 된 그는 그곳에 계속 머물렀다.

한편 틸아카바티는 고향에 머물면서 이 소식을 듣고 슬퍼했다. 그녀는 가족 성지로 가서 동생을 이교도들의 마수로부터 벗어나게 해달라고 여러 번 기도했다. 어느 날 시바 신이 그녀의 꿈속에 나타났다.

"오, 그대여, 더 이상 번뇌하지 말지어다. 그는 출가 수행자인 산야시지만, 완전한 수행을 하지는 않았으므로 그의 수행에 결정적인 흠이 있으니라. 그 결과 그는 이교를 숭배하고 있다. 내가 그에게 위통을 주어 그를 회개하게 할 것이니 더 이상 걱정하지 말거라."

그 순간부터 다르마세나는 엄청난 위통을 겪게 된다. 그의 사원에 있는 사람 중 만트라 주문과 탄트라(tantra) 주문에 능하다는 모든 사람이 몰려와 그를 치료하려 했으나 허사였고, 그는 희망을 포기한 상태였다. 다르마세나는 더 이상 고통을 견딜 수 없었다. 그제야 그는 누나를 떠올렸고, 사람을 시켜 그녀를 데려오게 했다. 하지만 그녀는 자신의 의무를 저버릴 수 없다며 사마나 사원으로 가는 것을 거부했다. 이 말을 들은 다르마세나는 자신이 의무를 너무 쉽게 포기하고 사원 사람들을 제대로 몰랐다는 후회에 빠졌고, 고향에서부터 같이 있던 두 명의 하인을 데리고 밤을 틈타 그곳을 빠져나왔다.

그가 문을 두드리자 누나는 그의 목소리를 알아듣고 문을 열어주었고, 그는 무릎을 꿇고 용서를 빌었다. 그녀는 시바 신의 친절에 감격하여 두 팔을 벌려 그를 환영했다. 그녀는 성스러운 재를 그에게 뿌린 후 그에게 만트라를 가르쳐주었다. 그는 재를 온몸에 묻힌 채 만트라를 외웠다.

틸아카바티는 동생을 사원에 데리고 갔고, 그는 엎드렸다가 일어나면서 시바를 찬양하는 노래를 불렀다. 노래가 시작되자마자 그의 위통은 씻은 듯이 사라졌다. 그 노래는 사람들의 고통을 씻어주는 노래였다.

그 후 그는 출가수행자로서 순례를 떠났다. 치담바람에 도착한 그는 시바 신인 나타라자를 경배하고 파디캄(Padikam, 10행의 노래)을 불렀으며, 동료들과 함께 시르칼리(Sirkali) 근처로 갔다. 그는 삼반다르가 어렸을 때 우주의 어머니인 파르바티의 젖을 먹었기 때문에 성자가 된 것이라고 들었다.

삼반다르는 그가 온다는 이야기를 듣고 친구들과

함께 그를 마중 나왔다. 마룰 니키야르는 삼반다르를 만나자마자 그의 앞에 무릎을 꿇었다. 그러자 삼반다르는 양손으로 마룰 니키야르를 일으켜 세웠고, 그에 대한 친근감과 존경심의 표시로 '아파흐(Appah)'라고 불렀다. 그러자 아파흐는 삼반다르의 하인이 되겠다고 했다. 그때부터 마룰 니키야르는 아파르로 알려지게 되었다. 결국 그들은 함께 브라마푸리스와라(Brahmapureeswara) 사원으로 갔고, 삼반다르는 아파르에게 신을 경배하라고 했다. 아파르는 노래를 부르며 신에게 경배를 드렸다. 그 후 그들은 여러 사원을 돌아다니며 신을 찬양하는 노래를 불렀다.

삼반다르는 아파르를 만난 후 파탈리푸람(Pataliputam)으로 가서 논쟁으로 사마나 사원 사람들을 굴복시키고 사이비즘(saivism)을 확립했다. 그들은 항상 같이 다녔다.

Sambandhar and Appar

누가 진정한 경배를 하는가?

열두 살의 삼반다르와 아파르는 순례를 하는 동안 베다란얌에 도착했다. 그러나 그곳의 사원은 대문이 잠겨 있었다. 언뜻 보기에 오래전부터 성스러운 경전인 《베다》가 인간의 모습을 하고 있는 것 같았다. 그들이 그 사원에서 물을 뿌리거나 부으며, 또 의식을 하며 신을 경배하고, 대문을 잠그고 가버렸던 것이다. 그때부터 아무도 문을 열 엄두를 내지 못했고, 담과 옆문을 통해 드나드느라 그곳이 닳아 없어질 지경이었다.

삼반다르와 아파르가 대문이 닫힌 사연을 묻자 문지기는 이런 이야기를 해주며 그들에게 옆문으로 들어가라고 말했다. 그들은 옆문으로 들어가는 것을 원치 않았기 때문에 신에게 대문을 열어달라고 기원했다. 삼반다르가 아파르에게 기도를 드리라고 하자 아파르는 10행으로 된 시를 노래했다. 신은 그 노래를 너무도 좋아해 문 여는 것을 깜박 잊을 정도였다. 9행까지 불렀는데도 문이 열리지 않자 아파르는 비탄에 가득 차서 10행을 노래했다.

"오, 신이시여, 아직도 마음이 안 풀리셨습니까?"

그런 후에도 아무 반응이 없자 그는 11행을 다음과 같이 지어 불렀다.

"한 손으로 카일라스 산을 들어 올릴 수 있는 라바나를 새끼손가락으로 때려눕혀 천 년 동안 지우지 못할 정도의 상처를 입힐 수 있는 당신이 어찌 나 같은 사람을 측은하게 여기겠습니까?"

신은 문을 여는 것이 늦은 데 대해 후회하고, 즉시 문을 열어주었다.

삼반다르와 아파르는 사원에 들어가 신에게 경배를 드린 후 그곳을 나왔다. 아파르가 삼반다르에게 문이 닫히도록 신에게 기도하자며 첫 소절을 부르자마자 문은 폭음과 함께 다시 닫혔다. 신은 아파르가 11행을 노래할 때까지 문을 열지 않음으로써 그를 시험했고, 그가 단지 한 소절의 노래를 부를 때 문을 닫음으로써 그에게 호감을 표했다.

아파르가 신의 호의를 입을 때 혹독한 시험을 당한 것은 삼반다르였다. 아파르와 삼반다르는 하인들과 함께 무사히 순례를 하여 티루빌리말라이(Tiruveelimalai)라 불리는 곳에 도착했다. 그 마을에는 기근이 심했는데, 사람들이 고통받는 것을 보다 못한 그들은 두 사원에 머물며 사람들에게 먹을 것을 제공했다.

그들은 돈이 거의 없었으므로 신에게 기도를 드리러 그곳의 사원으로 향했다. 그들의 헌신에 기뻐한 신은 그들에게 매일 돈을 내려보내주었다. 그 돈은 문 앞에 놓여 있곤 했는데, 그 돈으로 먹을 것을 사서 사람들에게 음식을 제공할 수 있었다. 그러나 그 금화는 보통 금보다 순도가 낮아서 상인들은 어느 정도 할인된 값으로 그것을 거래하려 했고, 하인들은 그 값을 삼반다르에게 허락받기 위해 사원을 오가야 했으므로 매일 오후 2시쯤 되어서야 사람들에게 음식을 줄 수 있었다.

삼반다르는 한참 후에야 그 이유로 늦어진다는 것을 알았고, 그것이 신이 준 금화가 좋지 않은 종류이기 때문이라는 것을 알고는 사원으로 가서 노래를 불렀는데, 그 시작은 이러했다.

“신이시여, 어째서 제게 순수한 금으로 된 금화를 주시지 않는 겁니까?”

그러자 신의 친절한 목소리가 들렸다.

“아파르는 그의 마음과 언어와 행동으로 나를 경배하지만, 너는 단지 마음과 언어만으로 하고 있다.”

아파르는 사실 매일 사원 주변을 쓸고 닦으며 깨끗하게 청소하고 있었던 것이다.

“너에게 단지 그것을 말해주기 위해서였느니라. 걱정하지 마라. 이제 너에게 진짜 금화를 주겠노라.”

그때부터 삼반다르는 좋은 금화를 받을 수 있었다.

There is Nothing Without

마음 밖에는 아무것도 없다

청소하는 여인 우마데비(Umadevi)는 카슈미르(Kashmir)를 여행하고 몇 장의 사진을 가져와 응접실에 모인 손님들에게 그것을 보여주었다. 바가반이 우스개로 말했다.

"우리는 여행을 하지 않고도 그런 곳에 갈 수 있다."

그러자 한 수행자가 말했다.

"저는 카일라스로 가고 싶습니다."

그의 말을 들은 바가반은 "인간에게 운이 닿으면 어디라도 갈 수 있다. 하지만 운이 닿지 않으면 모든 곳을 가보았다고 해도 아직 더 갈 곳이 남아 있는 것이다. 이 지구상의 어느 곳은 물론이고 다른 별이라도 말이다. 지식이란 것은 우리가 알지 못하는 세계에서는 무지가 되고 만다. 지식은 언제나 제한적이다"라고 말하고는 다음 이야기를 해주었다.

아파르는 늙고 쇠약했지만 카일라스 여행을 시작했다. 가던 중 또 다른 노인을 만났는데, 그는 그곳까지의 여행은 쉬운 것이 아니라며 아파르를 말렸다. 아파르는 시간이 얼마든지 걸려도 좋으니 자신의 목숨을 걸고서라도 그곳에 가고 싶다고 했다. 그러자 노인은 아파르에게 강에 가서 몸을 담가보라고 했다. 아파르가 그렇게 하는 순간, 그는 카일라스가 그곳에 있는 것을 보았다. 그가 있던 곳은 탄조레(Tanjore)에서 15킬로미터 정도 떨어진 티루바야르(Tiruvayyar)였다. 그럼 카일라스는 어디에 있는 것일까? 그것은 마음속에 있는 것일까, 마음 밖에 있는 것일까? 만일 티루바야르가 정말 카일라스라면 다른 사람에게도 그렇게 보여야 하지 않는가? 그렇지만 그것을 본 사람은 아파르뿐이었다.

비슷한 경우가 남쪽 지방에서도 있었다. 시바가 사는 곳을 순례하려 했던 순례자들이 그곳에서 시바 신을 본 것이다. 모든 것은 마음속에 있다. 마음 밖에는 아무것도 없다.

With The Moon in His Crown

시바 신의 보이지 않는 힘

덕이 높은 순다라무르티는 알랄라 순다라(Aalaala Sundara)의 암사(amsa)에서 태어난 사람으로, 시바 신의 형상을 발현해 '왕관의 달빛'이라고도 불린다.

그는 순례를 하는 과정에서 케랄라(Kerala)의 왕 체라만 페루말 나이나르(Cheraman Perumal Nainar)와 친교를 맺어 함께 마두라이로 순례를 가기로 했다. 판디안 왕은 아들 체라(Chela) 왕과 함께 그들을 무척 반갑게 맞아주었다. 순다라무르티는 미나크시(Meenakshi) 여신의 남편인 순다레스와라(Sundareswara) 신의 시적 재능을 경배했다. 그는 체라 왕과 함께 북쪽에 있는 사원에서 신에게 경배드리기로 했다. 그는 예전에 그곳에서 경배를 드린 적이 있는데, 그때 '구원의 도시'라고 불리는 트리술라푸람(Thrisulapuram)을 알게 되어 그곳을 향해 가게 되었다. 그들이 트리술라푸람에 가자 사람들은 그 둘을 보고 해와 달이 동시에 떴다고 여겼다. 순다라무르티는 부미나타(Bhuminatha) 신의 축복을 받아 행복했고, 기쁨에 가득 차서 노래를 부르며 신을 경배했다. 그는 그 성지에서 며칠 더 머물기로 마음먹었다.

어느 날 밤, 시바 신이 그의 꿈에 나타나 손에 구슬을 들고, 머리에는 왕관을 쓰고, 젊음의 미를 간직한 채 입가에 미소를 지으며 말했다.

"우리는 조티바나(Jyotivana)에 머물고 있다."

이 말을 듣고 꿈에서 깨어난 순다라무르티는 신이 꿈에 직접 나타나 인자한 모습으로 말씀을 해준 것에 엄청난 배려와 영광을 느끼고, 체라 왕에게 꿈 이야기를 해주었다. 그때부터 그는 헌신의 마음으로 노래하고 말하며 신을 경배했다.

그들은 그 후 더 먼 곳에 있는 성지 티루푸나바일(Thiruppunavayil)을 순례하러 출발했다. 이때 순다라무르티의 꿈에 나타났던 칼레스와라(Kaleswara) 신과 암바

(Amba) 신이 노승으로 변신하여 그들 앞에 나타났다. 순다라무르티가 물었다.

"당신들은 누구시오? 어디에서 오셨소?"

그들이 대답했다.

"그런 이야기는 좀 이따 합시다. 우선 먹을 걸 좀 주시오. 배가 고파 죽을 지경이오."

순다라무르티는 음식을 시키고 그것을 주려고 그들을 찾아보았으나 그들은 이미 사라진 후였다. 음식이 있던 곳으로 돌아와 보니 음식은 간데없고, 음식을 쌌던 나뭇잎만 흩어져 있었다.

그것을 본 순다라무르티는 놀라서 소리쳤다.

"이것 참 괴이하구나! 이것이 신의 장난이 아니면 무엇이겠는가?"

그의 생각이 여기까지 미쳤을 때, 그는 보이지 않는 곳에서 나오는 목소리를 들었다.

"조티바나에 있는 우리를 보지도 않고 어디로 가려 하는 게냐?"

순다라무르티는 조티바나가 어디에 있고 어떻게 가는지도 몰랐다. 그때 한 번 더 그 소리가 들렸다.

"우리가 그곳으로 성스러운 황소를 타고 갈 테니 너

도 오너라. 그냥 발자국만 따라서…….”

순다라무르티는 무작정 걸었다. 동료들도 뒤를 따랐다. 그런데 갑자기 발자국이 사라졌다. 그가 어리둥절해서 있자 보이지 않는 곳에서 다시 목소리가 들려왔다.

“자세히 살펴보아라.”

그가 발자국을 자세히 보는 순간, 그는 시바 링가로 가득 찬 곳을 보게 되었다. 한 발도 딛고 나갈 틈이 없었기 때문에 그와 동료들은 멍하니 서 있을 수밖에 없었다. 그때 갑자기 그들이 걸어갈 수 있을 만한 아주 좁은 통로가 나타났고, 그들은 그 길을 따라 들어가 그곳에서 칼레스와라 사원을 보았다. 그들은 사원 앞의 강에서 목욕재계를 하고 그곳에 들어가려고 했는데, 갑자기 사원과 사탑이 사라졌다. 당황한 순다라무르티는 ‘제가 목욕을 하기 전에 신의 사원에 들어가지 않았기 때문입니까?’라는 생각으로 신에게 노래를 불렀다. 그러자 사원과 사탑이 다시 모습을 드러냈다. 그는 뛸 듯이 기뻐하며 신을 경배하는 노래를 계속했다. 이 이야기는 상당히 신비스러운 이야기이고, 그에 관한 이야기는 더욱 많이 있다.

Swami Is Everywhere

신은 어느 곳에나 있다

바닥에 앉는 것이 습관이 되지 않은 한 미국 여인이 가까스로 바가반의 소파 쪽으로 다리를 뻗은 채 응접실에 앉아 있었다. 손님 중 한 명이 그녀에게 양반다리로 앉으라고 귀띔해주는 것을 바가반이 보고 웃으며 말했다.

"그냥 바닥에 앉는 것도 어려워하는데 양반다리로 앉으라 하니 될 말이냐?"

그의 말에 수행자가 답했다.

"아닙니다. 그게 아니라, 그들이 당신 쪽으로 다리를 뻗는 것이 무례한 행동인 줄 모르기 때문에 그걸 말해주려고 했을 뿐입니다."

"그럼 내가 그들 쪽으로 다리를 뻗는 것도 흉이 되겠구나?"

농담조로 이렇게 말하며 바가반은 다리를 접어 양반다리로 앉았다. 류머티즘을 앓고 있어 그렇게 앉으면 고통스럽고 몇 분 되지 않아 다리가 저린데도 그는 가끔 한 번씩 다리를 뻗을 뿐 계속 그 상태로 앉아 있었다. 손님이 돌아간 후에도 그는 그대로 앉아서 말했다.

"다리를 뻗는 게 무례한 행동이라니 뻗어도 될지 모르겠구나."

옆에 있던 제자들은 송구하여 어쩔 줄을 몰랐다. 바가반은 동정심에 가득 차서 다음 이야기를 했다.

체라와 라자(Rajah)는 순다라무르티가 카일라스에서 온 흰색 코끼리를 타고 가는 것을 보고 그들의 말의 귀에 만트라를 외운 다음 그것을 타고 카일라스로 가려 했다. 아바이야르(Avvaiyar)는 그때 가네샤(Ganesha) 신에게 힌두교의 제사 의식인 푸자(puja) 의식을 하다가 그들이 카일라스로 가는 것을 보고 자신도 카일라스로 가고 싶어 의식을 서둘렀다. 그것을 본 가네샤 신은 말했다.

"노파여, 서둘지 마라! 평소처럼 푸자 의식을 완벽하게 행하라. 그러면 그들이 도착하기 전에 너를 먼저 카일라스 산에 데려다주겠노라."

그 말에 그녀는 푸자 의식을 완벽하게 해냈다. 그러자 가네샤가 손을 흔들며 말했다.

"노파여, 눈을 감거라."

그것뿐이었다. 그녀가 눈을 뜨니 그곳은 카일라스 산이며, 시바 신과 파르바티가 앞에 앉아 있었다. 그제야 순다라무르티와 체라와 라자가 그곳에 도착했다. 그들은 그녀가 이미 그곳에 앉아 있는 것을 보고 깜짝 놀라서 어떻게 그곳에 왔는지 물었고, 그녀의 헌신에 크게 기뻐했다.

그러나 그녀는 매우 늙었기 때문에 시바 신 맞은편에서 그를 향해 다리를 뻗고 앉아야만 했다. 파르바티는 그것을 보고 참을 수가 없었다. 그녀는 시바 신 앞에서 다리를 뻗는 것은 무례한 행동이라고 생각했다. 그녀는 노파의 무례함을 이야기해도 되겠느냐고 시바 신에게 물었다. 그는 "아니, 말하지 마시오. 그녀에게 어떤 말도 하지 마시오" 하고 대답했다. 하지만 파르바티는 참을 수 없었다. 그래서 그녀는 몸종을 시켜 노파에게 말하게 했다. 몸종이 말했다.

"할머니, 시바 신에게 다리를 뻗지 마세요."

그러자 노파가 대답했다.

"그렇습니까? 그럼 시바 신이 안 계신 쪽을 말해주오. 이쪽이면 되겠소?"

그러고는 다른 쪽으로 다리를 뻗었으나 시바 신이 그쪽으로 방향을 틀었다. 또 다른 쪽으로 노파가 방향을 틀자 그가 또 그쪽으로 옮겨 앉았다. 그래서 그가 있는 쪽으로만 다리를 뻗는 꼴이 되었다.

파르바티를 보며 시바 신이 말했다.

"이제 알겠소? 당신은 내 말을 듣지 않았소. 그녀가 여기저기로 발을 뻗으려는 것을 보시오. 바로 이 때문에 내가 당신에게 잠자코 있으라고 말한 것이었소."

그제야 파르바티는 노파에게 용서를 빌었다. 성인과 신에게 다리를 뻗지 말라고 하지만, 사실 신이 존재하지 않는 곳이 어디 있겠는가?

Sundaramurthi's Bond of Servitude

노예 문서가 가져다준 선물

순다라무르티는 브라만의 가정에서 태어났는데, 그의 아버지의 이름은 차다야나르 알리아스 시바차리아(Chadayanar alias Sivacharya)이고, 어머니는 이사이즈나니야르(Isaijnaniyar)였다. 부모님은 그에게 남비야루르(Nambiyarur)라는 이름을 지어주었다.

어느 날, 그가 장난감 마차를 가지고 길거리에서 놀고 있는데, 왕이 그를 보았다. 그는 아이의 아버지를 불러서 아이를 자신에게 달라고 했다. 아버지는 승낙했고, 아이는 왕의 양자로 키워졌다. 그럼에도 그는 브라민의 관례와 《베다》 교육을 철저히 받았고, 시에 능

숙한 예술가가 되었다.

그가 결혼할 나이가 되자 왕가의 친척 중 차탕가비 시바차리아(Chatangavi Sivacharya)라는 이름의 여인과 혼담이 오갔고, 결혼식을 위해 여러 친척이 방문했다. 순다라무르티는 결혼 전날 의례적인 종교행사에 다녀왔고, 다음 날 아침 일찍 예복을 차려입고 친척들과 신부의 아버지 집으로 말을 타고 출발했다. 신부 집이 가까워오자 그는 말에서 내려 관습에 따라 혼인용 가마에 올라탔다. 사람들은 북을 쳐 신랑의 도착을 알렸다.

바로 그때 시바 신이 노승의 모습으로 가까이 다가왔다. "모두 들으시오" 하고 그가 말하자 모두 그를 쳐다보았다. 시바 신은 신랑에게 말했다.

"그대와 나 사이에는 약속한 일이 있으니 그것을 끝내고 결혼하시오."

신랑이 대답했다.

"약속이 있다면 그렇게 하겠지만, 대체 무슨 약속 말이오?"

그러자 시바는 사람들에게 말했다.

"여러분, 이 아이는 나의 하인입니다. 이 아이의 할아버지는 나의 몸종이었습니다."

이 이야기에 신랑이 말했다.

"미친 사람 같으니라고! 브라민 계급이 남의 몸종이 될 수 있는가! 썩 꺼지시오!"

"나는 미친 사람도 악마도 아니오. 당신이 그런 말을 했다고 나무라지도 않겠소. 아직 나를 잘 모르니까. 어쨌든 유치한 말장난은 그만두고 와서 나의 시중을 드시오."

"내게 그 노예 문서를 보여주시오."

"그럼 내가 그 문서를 보여주면 그렇게 하겠는가? 사람들이 문서를 인정하면 너는 내 종이 되겠는가?"

순다라무르티는 화가 나서 노인에게서 문서를 빼앗으려 했다. 노인은 도망쳤으나 그는 끝내 문서를 빼앗아 갈기갈기 찢었다. 노인은 순다라무르티에게 호통을 쳤다. 함께 가던 일행이 노인과 신랑을 떼어 놓고 노인에게 말했다.

"세상에 말도 안 되는 일을 가지고 우기다니, 이 한심한 늙은이 같으니라고! 도대체 어디에서 오셨소?"

노인은 말했다.

"나는 티루베나이날루르(Thiruvennainallur) 마을에서 왔소. 저 젊은이가 내 손에 있는 문서를 강제로 빼앗아

찢는 것으로 봐서 저 젊은이는 내 몸종이 아니겠소?"

순다라무르티가 소리쳤다.

"만일 당신이 진짜 티루베나이날루르 마을 사람이라면, 당신의 마을에 가면 결정을 내릴 수 있겠군. 그렇지 않소?"

노인이 말했다.

"물론! 갑시다! 그곳의 브라민 법정에 가서 원본 문서를 보여주고, 내가 당신의 상전이라는 것을 증명하리다."

그리하여 노승이 앞장서고 순다라무르티와 나머지 사람들이 그의 뒤를 따랐다. 그 마을에 도착하자마자 그들은 마을 법정에 가서 따졌다. 그곳에서 노인은 순다라무르티가 자신의 문서를 찢었다고 진술했다.

법정의 판사는 "나는 세상 어느 곳에서도 브라민이 다른 브라민의 몸종이 됐다는 이야기를 들어본 적이 없소"라고 말했다. 그러자 노인은 말했다.

"내 말은 틀림없는 사실입니다. 저 젊은이가 찢은 문서를 보면 그의 할아버지가 진술한 내용에 그가 나의 몸종이라고 증명이 되어 있소."

판사는 이번에는 순다라무르티에게 물었다.

"너는 네 할아버지가 증명한 문서를 찢어버린다고 그에게 이길 수 있을 것이라고 생각했더냐?"

순다라무르티는 대답했다.

"모든 지식에 해박한 너그러운 판사님들이시여! 모두 아시다시피 저는 아디 사이바(adi saiva, 시바 표시를 지닌 사람)입니다. 설령 이 노인이 저를 그의 종으로 여기도록 증언한다 해도 그것은 정신을 혼란시키는 마술일 뿐이니 현혹되지 마십시오. 저런 주장에 대해 제가 무슨 말을 하겠습니까?"

판사는 노인에게 말했다.

"우선 저 젊은이가 당신의 종이란 것을 입증해보시오. 이런 사건에는 세 가지 증거가 있어야 하오. 관습, 문서의 증거, 증언이오. 그중 최소한 한 가지 증거는 제시할 수 없는 것 같은데……."

노인은 대답했다.

"판사님, 저 젊은이가 찢은 문사는 복사본이고, 원본은 제게 있습니다."

판사는 그럼 원본을 보여달라고 했다. 노인은 허리춤에서 원본을 꺼내 판사에게 보여주었다. 그때 우연히 그 광경을 보러 온 카르남(Karnam) 마을 사람 한 명이 그것을 읽게 되었다. 그는 앞으로 나와 판사에게 절을 하고 접힌 문서를 펴더니 사람들을 향해 큰 소리로 읽었다.

"나 아루라르(Arurar)는 티루베나이날루르 마을 사람으로, 티루베나이날루르 마을 사람인 피탄(Pitthan, 미친 사람이라는 뜻)에게 기꺼이 나 자신과 나의 후손이 종으로 봉사함을 증명한다."

그 문서의 증인은 바로 그 자리의 판사들이었고, 그들은 거기에 서명된 날인이 모두 자신들의 서명임을 확인했다. 그리고 판사는 젊은이에게 할아버지의 서명이 그 문서의 서명과 일치하느냐고 물었다. 그때 노인이 나와서 말했다.

"판사님, 저 아이는 아직 어린데 할아버지의 서명을 어찌 알겠습니까? 만일 저 아이의 할아버지 글씨가 있는 문서가 있다면 그것을 노예 문서와 비교해보면 될 것입니다."

그리하여 순다라무르티의 친척들이 나와서 문서를 뒤진 끝에 그의 할아버지의 글씨가 있는 문서를 찾아냈다. 판사가 그 문서와 노예 문서를 비교해본 결과 필적이 똑같았다. 판사들은 순다라무르티에게 말했다.

"젊은이, 이제 더 이상 발뺌할 수 없네! 자네가 졌다네. 이제 자네는 이 노인이 시키는 대로 종노릇을 해야 하네!"

이 말에 순다라무르티는 멍하니 서서 운명이라면 어쩔 수 없다고 말할 수밖에 없었다. 주위에 있던 사람들은 청년에게 동정심을 느꼈고, 또 노인에게도 의심이 갔기에 이렇게 물었다.

"이 문서에는 당신이 이 마을 사람이라고 명시되어 있는데, 그럼 당신의 집과 재산이 이 마을에 있을 게 아니오? 그것들을 우리에게 보여줄 수 있겠소?"

노인은 놀라는 체하며 말했다.

"뭐라고요? 당신은 이 마을에서 학식 있는 원로 중 한 사람인데, 같은 마을에 살고 있는 내 집이 어딘지도 모른단 말이오? 따라오시오."

이렇게 말하며 그는 앞장섰고, 모두 그의 뒤를 따랐다. 그들이 간 곳은 바로 시바 신의 사원이었다. 그들은 모두 멍하니 서 있었다.

순다라무르티는 생각했다.

"나를 몸종으로 만들려는 이 늙은이는 내가 숭배하는 파라메스와라(Parameswara, 시바 신의 이름)를 섬기는 사원에 사는구나. 신기해라!"

그는 이렇게 중얼거리며 노인을 따라 사원에 들어갔다. 그는 흥분에 가득 차서 외쳤다.

"아, 신이시여!"

그 순간 시바 신이 파르바티와 함께 성스러운 황소를 타고 그의 눈앞에 나타나 말했다.

"내 아들아, 너는 나의 첫 번째 수제자 중의 한 사람이니라. 너는 저주를 받고 이곳에 태어났는데, 네가 나의 종이 되고 싶어 내가 어디에 있든지 나에게 예속하고자 하니, 여기서 너를 나의 종으로 삼겠느니라."

위대한 신으로부터 이 말을 듣자 그는 마치 어미 소의 울음소리를 들은 송아지처럼 매우 기뻐했다.

"오, 신이시여, 그대는 가치 없는 나의 인생의 은인입니다. 어미 고양이가 새끼 고양이를 가지듯 저를 당신의 것으로 만들어주었습니다. 감사드립니다."

시바 신은 기뻐하며 말했다.

"내 아들아, 네가 나를 그렇게 숭배하니 네게 반 톤단(Van Thondan)이란 이름을 주마. 네가 나에게 할 수 있는 봉사는 노래를 불러 나를 경배하는 것이니, 노래를 만들고 부르도록 하라."

두 손을 모은 채 순다라무르티는 말했다.

"신이시여, 당신은 노인의 모습으로 제게 와서 저를 종으로 삼으려 했으나 저는 거절했습니다. 그것은 당신의 위대함을 몰랐기 때문입니다. 당신은 제가 과거를 회상할 수 있게 해주었고, 세속적인 행동을 하여 속세의 나락으로 떨어지는 것을 막아주었습니다. 당신의 끝없는 은총을 제가 어찌 알겠으며, 어찌 노래하겠습니까?"

화현한 신이 말했다.

"너는 이미 나를 피탄이라고 불렀다. 그러니 미친 사람으로서 나를 노래하라."

이렇게 말하고 그는 사라졌다. 순다라무르티는 즉시 스리 파디캄(Sri Padikam)을 찬양하는 '피타 피라이 수디(Pittha Pirai Sudi)'라는 노래를 만들었다.

Manikkavachakar

마니카바차카르의 깨달음

마니카바차카르는 바다부르(Vaadavur)라 불리는 마을에서 태어났다. 그래서 사람들은 그를 바다부라르(Vaadavurar)라고 불렀다. 그는 매우 일찍 학교에 입학했다. 그는 경전을 읽고 그 내용에 몰입했으며, 특히 시바 신에 대한 헌신과 살아 있는 것에 대한 자애심을 주의 깊게 읽었다. 그에 대한 이야기를 듣고 판디안 왕이 그를 불렀다. 그리고 그를 수상으로 삼고, 그에게 테나반 브라마라얀(Thennavan Brahmarayan)이라는 이름을 주었다. 남쪽에 있는 브라민 중 최고라는 뜻이었다. 그는 자신이 가진 지식과 기술을 바탕으로 훌륭하게 수상 직을 수행했지만, 사실 그에게는 세속적인 욕심이 없었다. 이미 영적인 세계에 마음이 끌렸던 것이다. 그는 즈나나에 몰입하기 위해서는 스승의 도움이 필요하다고 생각하고, 끊임없이 스승을 갈망했다.

하루는 왕이 그에게 좋은 말을 찾아서 가져오라는 명령을 내렸다. 그는 스승을 찾을 좋은 기회라 생각하고 충분한 금은보화를 가지고 길을 떠났다. 그는 스승을 찾기 위해 가는 길에 있는 사원을 모두 방문했다. 그러던 중 그는 티루페룬두라이(Tiruperundurai)라 불리는 마을에 도착했는데, 시바 신은 그의 마음이 어느 정도 성숙되었음을 알고 1년 전부터 사원 근처에 있는 학교의 선생님으로 변장하여 아이들을 가르치고 있었다. 그는 매 끼니를 학생의 집에서 신세 지며 바다부라라르가 그의 앞에 나타나기만을 손꼽아 기다렸다. 바다부라라르가 올 때쯤 되자 시바 신은 시다 푸루샤(siddha purusha, 깨달은 영혼)의 모습으로 변장하고 많은 출가수행자를 거느린 채 사원의 나무 위에 앉아 있었다.

바다부라라르는 그 사원에 와서 신에게 경배하고 주변을 돌아보다가 우연히 시바 신을 발견했다. 그는 그 광경을 보고 깜짝 놀라 눈물을 흘렸으며, 가슴은 기쁨으로 뛰었다. 자기도 모르게 그의 손은 신을 경배하기 위해 머리 위로 올라갔으며, 그는 마치 뿌리 뽑힌 나무처럼 그의 앞에 무릎을 꿇었다. 그러고는 일어나서 그의 제자가 되게 해달라고 기도했다. 영혼으로써 축복을 준 신은 단지 쳐다보기만 함으로써 그에게 순간적으로 '즈나나 우파데사(jnana upadesa, 지혜에 대한 직관)'를 전달했다.

그 가르침은 그의 마음 깊은 곳에 형언할 수 없는 기쁨을 가져다주었다. 그는 손을 모으고 눈물을 흘리며 순례의 길을 따라 스승의 주위를 돌며 경배하고, 옷과 장신구를 벗어 던지고 단지 사자 가죽 옷만을 걸친 채 스승 앞에 섰다. 그는 스승을 위해 보석과 같은 노래를 불렀다. 신은 기뻐하며 그를 마니카바차카르라고 불렀고, 그곳에 머물며 자기를 경배하라고 했다. 그리고 신은 사라졌다.

마니카바차카르는 자기 앞에 나타난 사람이 화현한 신이라 확신하고 큰 소리로 통곡했다.

"아, 신이시여, 어찌하여 저를 두고 그냥 떠나십니까?"

마을 사람들은 이 광경을 보고 깜짝 놀라서 그때까

지 학교의 선생을 하던 사나이를 찾았으나, 이미 그도 사라진 뒤였다. 그제야 그들도 그 사람이 신이었다는 것을 알았다. 마니카바차카르는 슬픔을 극복한 후 신이 일러준 대로 그의 하인들을 마두라이로 돌려보내고, 가져온 돈을 모두 사원에 헌납하고 홀로 그곳에 남았다.

그 소식을 전해 들은 왕은 사람을 시켜 그에게 마두라이로 돌아오라는 명령을 내렸다. 그러나 그가 어떻게 말 한 필 구하지 못한 채 왕에게 돌아갈 수 있겠는가? 또 말을 찾으러 길을 떠나려 해도 그에게는 그럴 돈이 남아 있지 않았다. 난처해진 그는 시바 신에게 구원을 청했다. 그날 밤 시바 신은 그의 꿈속에 나타나 값진 보석을 주며 말했다.

"이 보석을 왕에게 주어라. 그리고 말은 특별한 달에 물라(moola, 전갈좌의 별)가 뜨는 날에 올 것이라고 말해라."

그가 깜짝 놀라 눈을 떴을 때 이미 신은 그곳에 없었다. 마니카바차카르는 기쁜 마음으로 관복을 차려입고 마두라이를 향해 출발했다. 그는 보석을 왕에게 주고는 신이 말한 시간을 알려주고 그때를 손꼽아 기다렸다. 그러나 그는 공무(公務)를 다시 맡지는 않았다. 비록 그의 몸은 마두라이에 있지만 마음만은 티루페룬두라이에 있었던 것이다. 그는 단지 신의 명만 기다리고 있었다. 그러나 판디안 왕은 첩자를 통해 티루페룬두라이에는 자신에게 바칠 말이 하나도 없으며, 그가 가져갔던 황금은 모두 사원에 헌납되었다는 것을 알았다. 왕은 즉시 마니카바차카르를 옥에 가두었다.

그러는 동안 시간이 되어 물라가 뜨는 날이 되자 신은 자칼을 말로 변신시키고, 마부로 변신하여 그것을 왕에게 갖다 바쳤다. 왕은 그것을 보고 깜짝 놀랐다. 왕은 마부가 끌고 온 말들을 받은 다음, 마부의 충고대로 다른 말들이 있는 마구간에 그 말들을 데려다 놓았다. 왕은 진심으로 마부에게 감사를 전하고 많은 선물을 주어 돌려보낸 후 즉시 감옥에 있는 마니카바차카르를 석방하고 사과했다. 바로 그날 밤, 새로운 말들은 원래의 들짐승의 모습으로 바뀌더니 마구간 안의 다른 말들을 모조리 잡아먹고 온 마을을 휩쓸고 나서 도망쳤다. 그리고 홍수로 강물이 넘쳐 마두라이 시 전체가 물에 잠겼다. 당황한 왕은 백성들을 불러 강에 둑을 쌓으라고 명령했다. 왕은 둑을 쌓아 물난리를 막지 못하면 큰 불행을 초래할 것이라고 경고하면서 그들을 부추겼다.

그중에는 피투바니 암마이야르(Pittuvani Ammaiyar)라는 노파도 있었는데, 그녀는 시바 신의 열렬한 신자였다. 그녀는 떡을 만들어 내다 파는 것으로 생계를 꾸려가는 여인이어서 직접 둑을 만들러 나갈 수 없는 입장이었다. 게다가 돈이 없어 대신 떡을 만들 사람을 구할 수도 없었다. 그녀는 걱정이 되어 울부짖으며 신에게 기도를 드렸다.

"신이여, 어찌하면 좋습니까?"

그녀의 사정을 딱하게 여긴 신은 상자를 어깨에 멘 채 일꾼으로 변장하여 그녀 앞에 나타났다.

"할머니, 일꾼이 필요합니까?"

그의 말에 그녀는 대답했다.

"그렇소. 그러나 일꾼에게 지불할 돈이 없다오. 어쩌면 좋겠소?"

그러자 그가 말했다.

"돈은 필요 없고 만든 떡이나 좀 주시오. 그럼 내가 둑을 쌓는 일을 해주리다."

이 말에 힘을 얻은 그녀는 떡을 만들었으나, 떡은 완전한 모양이 되지 않고 조각으로 구워졌다. 어쩔 수 없이 그녀는 조각난 떡을 그에게 가져다주었다. 그것을 양껏 먹은 일꾼은 둑을 쌓는 일을 하러 가겠다며 나갔다. 놀랍게도, 그녀가 가져다준 떡은 모양이 완전하지 않은 조각이었는데, 그가 간 후에 보니 모두 붙어서 떡 모양이 되어 있었다.

한편 일꾼은 일터로 나갔으나 일을 하지 않고 남들이 일하는 가운데 드러누워 있었다. 왕이 공사 진척 상황을 보기 위해 그곳으로 왔다가 암마이야르가 쌓아야 할 둑이 그대로인 것을 보고 공사 감독에게 어떻게 된 일이냐고 물었고, 그는 왕에게 게으른 일꾼을 고자질했다. 왕은 화가 치밀어 그 일꾼을 불러 놓고 다그쳤다.

"정해진 양의 일을 할 생각은 하지 않고 여기 자빠져 있다니!"

왕은 그렇게 말하며 손에 들고 있던 지팡이로 그의 등을 후려쳤다. 그런데 그 아픔이 왕뿐만 아니라 그곳에 있는 모두의 등에 가해지는 것이었다. 그제야 왕은 그가 후려친 사람이 일꾼으로 변장한 신이었다는 것을 깨달았다. 왕은 넋이 빠져 멍하니 서 있었고, 신은 사라졌다. 잠시 후 하늘에서 목소리가 들렸다.

"아, 왕이여! 마니카바차카르는 나의 사랑스러운 제자이니라. 내가 했던 모든 행동은 그의 위대함을 보여주기 위한 것이었으니 그를 보호해주거라."

이 목소리를 듣고 왕은 마니카바차카르를 보러 떠났고, 가는 동안 암마이야르의 집에 들러 그녀를 보려 했으나 그녀는 이미 하늘을 나는 수레를 타고 카일라스 산으로 가는 중이었다. 왕은 크게 놀라 그녀에게 경의를 표하고, 즉시 마니카바차카르에게 가서 무릎을 꿇었다. 마니카바차카르는 그를 일으켜 세우며 어디 아프냐고 물었다. 왕은 겁먹은 목소리로 말했다.

"나를 제발 용서하고, 나 대신 직접 나라를 다스려 주시오."

마니카바차카르는 왕을 바라보며 관대한 목소리로 대답했다.

"친애하는 왕이시여, 이미 내가 신에게 헌신하기로 마음을 정한 이상 나는 나라를 다스리는 것으로 방해받고 싶지 않습니다. 제발 국민의 안녕을 보살피며 나라를 잘 다스려주십시오. 그럼 걱정하실 일은 없을 겁니다."

이렇게 말한 그는 웃음을 띤 채로 산야시의 옷을 걸치고 시바를 찬양하는 노래를 부르며 성지로의 발걸음을 재촉했다.

How the Tiruvachakam was Written

신을 위한 찬가, 《티루바차캄》

마니카바차카르는 이곳저곳을 순례하다가 치담바람에 도착했다. 그는 나타라자 춤을 보면서 노래를 부르며 이곳에 당분간 머물렀다. 하루는 시바 신이 마니카바차카르의 위대한 재능을 아름다운 찬양을 통해 사람들에게 알리기 위해 브라민의 모습을 하고 밤에 그의 집을 찾아갔다. 마니카바차카르는 진정으로 그를 반기며 어쩐 일로 왔느냐고 물었다. 시바 신은 활짝 웃으며 친근하게 말했다.

"당신은 순례하는 동안 계속 찬송을 부른다고 들었습니다. 또 여기서도 그 찬송을 부른다고요. 제가 그 찬송을 들을 수 있겠습니까? 진작부터 그 노래를 듣고 싶었지만 시간이 나지 않았기 때문에 이렇게 한밤중에 찾아온 것입니다. 실례가 안 된다면 그 노래를 들려주십시오. 모두 다 알고는 계시는지."

"제 잠을 방해한다는 생각은 하지 마십시오. 저는 모든 찬송을 다 기억하고 있습니다."

이렇게 말하며 마니카바차카르는 환희에 차서 노래를 불렀다. 브라민으로 변장한 신은 야자나무 잎사귀에 그 노래를 받아 적었다. 마니카바차카르는 노래에 몰입해 브라민이 자기의 노래를 받아 적고 있다는 것도 알아채지 못했다. 계속 노래를 부르던 그는 신에 대한 생각을 하며 어느덧 조용해져서 침묵했다. 완전히 자신을 잊은 것이다. 그 순간 브라민은 사라졌다.

다음 날 아침, 한 사제가 평소처럼 아침 예배를 드리러 사원에 왔다가 나타라자상 앞 계단에서 야자나무 잎으로 된 책을 보았다. 책을 펼쳤더니 안에 티루바차캄(Tiruvachakam)이라는 서명이 있었고, 스리 나타라자를 뜻하는 도장이 찍혀 있었다. 그것을 본 사원의 사제들은 모두 놀라워했고, 그것을 마니카바차카르에게 가지고 갔다. 그들은 책과 나타라자의 서명을 그에게 보이며 어찌된 것이냐고 물었다.

마니카바차카르는 아무 말 없이 사원으로 가자고 했다. 사원에서 그는 신의 동상 앞에 앉아 말했다.

"여러분, 여러분 앞에 있는 분이 바로 질문에 대한 대답입니다."

그러면서 그는 신에 대한 생각에 젖어들었다.

이야기를 하는 동안 바가반은 아무 말도 하지 않고 가만히 침묵 속에 있었다.

제4부

위대한 경전,
《요가 바시스타》

《요가 바시스타》는 성자 바시스타와 라마의 대화로, 아드바이타(advaita, 불이일원론不二一元論)를 기록한 위대한 경전이다. 스리 바가반은 이 경전을 자주 인용했다.

Brahma, the Creator

브라마와 열 개의 세계

바가반에게 한 수행자가 물었다.

"《바시스타》 경전을 보면 모든 것은 욕망의 사례이며 모든 것을 창조한 것은 인간의 마음이라고 하는데, 그것이 가능합니까?"

바가반은 대답했다.

"《바시스타》 경전에 열 명의 브라민에 대한 언급이 있다."

그러고는 활기찬 목소리로 이야기를 시작했다.

창조의 신 브라마는 하루의 일과가 끝난 다음 잠자리에 들었다. 밤이 지나고 잠에서 깬 그는 목욕재계한 후에 창조의 일과를 시작하기 전에 하늘을 한 번 쳐다보았다. 그리고 그곳에 다른 세계가 있는 것을 보았다. 그가 만든 세계는 적절하게 창조되어 있었으므로 또 다른 세계가 존재할 이유가 없었다.

'이것이 무엇인가? 내가 창조하기 전에는 드러나지 않아야 할 또 다른 세계가 생겨났구나. 어떻게 이런 일이 있을 수 있을까?'

그는 깜짝 놀라 그 세계에 존재하는 태양을 불러 어떻게 된 영문인지 물었다.

"이 세계가 어떻게 생겨났소?"

태양이 대답했다.

"아, 창조자 브라마 신이시여! 세상에 당신이 모르는 것도 있다니…… 어쨌든 이야기해드리겠습니다. 한 브라민이 카일라스 산 밑 마을에 살고 있었지요. 그와 그의 아내는 시바 신에게 아들을 점지해달라고 빌었습니다. 결국 열 명의 아들을 갖게 되었는데, 그 아이들은 모든 분야의 학문을 배웠습니다. 부모가 세상을 떠나자 아이들은 일가친척도, 물려받은 재산도 없어 카일라스 산에 올라가 고행을 하기로 했습니다.

그들은 정확히 어떤 수행을 해야 자신들의 슬픔을

덜 수 있을까 궁리했습니다. 처음에는 부(富)가 자신들에게 행복을 가져다주리라 믿었지만, 항상 그들보다 부자인 사람이 존재한다는 사실에 그 생각이 틀렸음을 알았지요. 마찬가지로 왕위에 오른다거나 심지어 마헨드라(Mahendra)의 주인이 된다는 것도 공허한 것임을 깨달았습니다. 결국 만형이 말했죠.

'이 모든 세계를 창조한 것은 브라마이다. 그러니 브라마가 모든 것의 최고봉이다.'

그들은 이 이야기에 희망을 걸었습니다.

'그럼 브라마트밤(brahmatvam, 브라만의 경지)을 얻는 길은 무엇일까?'

잠시 생각한 후 만형이 또 말했습니다.

'간단하지. 마음이 모든 것의 기본이잖아. 그래서 각자 외딴곳에 앉아 마음을 집중해 브라마트밤에 도달하지. 모든 세속적인 것을 떨쳐버리고 심지어는 자신의 육체도 떠나는 거야. 그러니 우리가 연꽃 위에 앉아 있고, 또 빛을 발하는 신으로서 세상을 창조하고 소멸시킨다고 생각해보는 거야. 나도 그럴 테니까.'

그 생각에 모두 기뻐했습니다.

'나는 얼굴이 네 개인 브라마이다'라는 생각이 그들

의 마음속에 굳게 자리 잡고, 그들은 완전히 자신들의 육체를 잊게 되었죠. 결국 그들의 육체는 나무에서 떨어지는 낙엽처럼 떨어져나갔습니다. 그들은 깊은 수행 끝에 열 명 모두 하나씩 열 개의 세계를 창조해냈고, 나는 그중 하나인 태양입니다."

태양은 이렇게 말하고는 본래 있던 곳으로 되돌아갔다.

The Charm of Self-Realisation

참나를 깨닫는다는 것

제자가 물었다.

"참나를 깨닫는다는 것은 신비한 힘을 갖는 것도 포함합니까?"

마하르시가 답했다.

"참나란 가장 가깝고 영원한 것이며, 초능력은 따로 떨어진 존재이다. 초능력은 그것을 얻기 위해 부단히 노력해야 하지만, 참나는 그렇지 않다. 초능력을 얻기 위해서는 사람의 마음이 항상 긴장되어 있어야 하지만, 참나는 마음을 없애야 얻을 수 있는 것이다. 초능력은 참나를 얻은 후에도 획득할 수 있는 기술이지만, 그런 기술은 한정된 목적에 사용된다. 그에 대한 이야기가 있다."

시키드바자(Sikidvaja) 왕과 추달라(Chudala) 왕비는 말라바(Malava) 왕국을 다스렸다. 추달라 왕비는 평상시 조용히 명상을 하곤 했는데, 그러는 동안 궁극의 진리를 깨달았으며, 얼굴에 광채를 발하여 더 아름다운 모습이 되었다. 왕은 이를 보고 어떻게 된 것인지 물었다. 왕비는 진리를 깨달으면서 그렇게 되었다고 사실대로 답했지만, 왕은 비웃으면서 깨달음이란 오랜 시간 참다운 수행을 해야 얻어지는 것으로 속세에서는 얻기 어렵다고 말했다. 그는 왕국을 떠나 숲 속에서 수행하여 깨닫고 싶었던 것이다.

왕비는 왕을 설득하기 위해 나라를 다스리며 깊은 명상 수행을 해보라고 했다. 하지만 왕은 왕비의 제안을 거절하고 왕궁을 떠나 숲 속에서 힘든 고행을 했다. 왕을 가엾게 여긴 왕비는 초능력을 수행해 호흡수행자인 쿰바 무니(Kumbha Muni)의 모습으로 변하여 그 앞에 나타났다. 그러나 약간 공중에 떠 있었다.

왕은 성스러운 성자가 하늘로부터 자신을 구하러 온 줄 알고 무릎을 꿇고 자신의 근심을 이야기하고 도움을 청했다. 쿰바 무니는 왕에게 이렇게 가르쳐주었다.

"카르마(karma, 행위. 인간은 행위의 원인과 결과의 법칙을 스스로 만든다)는 신이 정한 대로 너에게 열매는 줄 수 있지만, 구원을 허락할 수는 없느니라. 자신에게 욕심이 없는 행동을 하면 마음은 순수해진다. 그 순수한 마음으로 수행자는 참나에 집중해야 한다. 이렇게 하면 인간의 타고난 잠재의식인 바사나를 없앨 수 있다. 그렇게 되면 수행자는 신에게 접근할 수 있고, 신의 은총을 입어 참나를 획득할 수 있으니, 진정한 자유는 그 깨달음을 얻어야만 이룰 수 있는 것이지 많은 고행을 통해 얻어지는 것은 결코 아니다. 모든 것을 포기하는 것만이 진리를 깨닫게 한다."

왕은 자신이 왕국과 가족을 포기했다고 말했다. 쿰바 무니는 그것은 외형적인 포기이고 속세에 대한 집착은 아직도 존재한다고 말했다. 왕은 그 이야기를 듣고 자신의 옷가지와 염주를 가지고 나와 모두 불 속에 던져 넣었지만, 여전히 무언가를 가졌다는 생각을 떨쳐버릴 수 없어 그의 마지막 소유물인 육체를 산꼭대기에서 투신하여 없애버리려 했다. 쿰바 무니가 말했다.

"그런 식의 속죄를 한다면 얼마나 해가 되겠는가?"

쿰바 무니는 그에게 육체를 소멸시키는 것이 아니라 마음을 소멸시키는 것이 진리를 깨닫는 길이라 말하고, 마음이 욕망의 근원이라 덧붙였다. 마음은 스스로를 '나'라고 알고 있지만 그 사실이 바로 덫이다. 이런 것을 떨쳐버리는 것이 모든 것에 대한 집착을 버리는 것이다. 그러고 나서 쿰바 무니는 명상 수행에 대해 자세히 설명했다.

그제야 왕의 의심이 풀리고, 마음이 정화되었다. 왕은 참나의 근원을 얻어 축복받은 삼매에 몰입할 수 있게 되었다. 쿰바 무니는 사라졌다가 한참 후에 다시 나타났다. 왕은 아직도 삼매에 빠져 있었다. 추달라 왕비는 왕을 깨우기 위해 사자처럼 소리를 질렀다. 하지만 그를 깨우지 못했다. 왕비는 작은 형상이 되어 왕의 마음속으로 스며들었고, 그가 순수하게 몰입해 있다는 것을 알았다. 그녀는 감미로운 목소리로 '사마 베다(Sama Veda, 찬가를 위한 베다)'를 불렀다. 그 연꽃이 피는 듯한 노랫소리를 듣고서야 왕은 정신을 차렸다. 그는 큰 기쁨을 느꼈고, 고마움을 어떻게 표현할지 몰라 침묵하고 있었다. 그는 왕비의 충고에 따라 왕국으로 돌아갔고, 진리로 왕국을 다스리며 왕비와 오랫동안 행복하게 살았다.

Alms for A King

왕을 위한 동냥

《바시스타》를 보면 바기라타(Bhagiratha, 갠지스 강을 천상에서 대지로 가져오게 한 위대한 왕)에 대한 이야기가 있는데, 갠지스 강을 땅에 만들기 전에 있었던 일이다. 바기라타는 왕이었으나, 자신의 직위를 부담스러워했다. 그 이유는 그가 참나를 갈망하며 찾고 있었기 때문이다. 그는 스승의 충고에 따라 헌신하기 위해 모든 재산과 재물을 버렸다. 그러나 아무도 왕위를 맡으려 하지 않았다. 그래서 그는 한때 적이었고, 지금 자기 나라를 침입하려고 벼르고 있는 이웃 나라 왕에게 나라를 주었다. 그는 밤에 변장을 하고 이웃 나라로 가서 낮에는 숨어

지내고 밤에는 동냥을 하러 다녔다.

마침내 그는 자신의 이기심을 버릴 정도로 충분히 성숙했다고 생각하기에 이르렀다. 그리고 고향으로 돌아와 구걸을 하며 살았다. 다행히도 그를 알아보는 국민은 아무도 없었다. 그래서 그는 옛날에 살던 궁전에 가보기로 했다. 그러나 문지기가 그를 알아보고 그에게 인사한 후 지금의 왕에게 그가 왔다는 것을 알렸다. 새로운 왕은 서둘러 나와서 그를 맞으며 그에게 왕좌를 돌려주려 했으나 그는 왕좌를 사양했다. 그는 "제게 동냥을 주시겠습니까?" 하고 묻기만 했다. 왕은 더 이상 말해보았자 아무 소용 없음을 알고 그에게 동냥을 주었고, 그는 기뻐하며 그곳을 떠났다.

결국 그는 다른 나라로 갔고, 그 나라의 왕이 죽은 후 그곳의 왕이 되어 국민이 원하는 대로 나라를 다스렸다. 이 이야기는 《바시스타》에 자세히 적혀 있다. 그가 일찍이 다스리던 왕국은 그에게 부담이었으나 그가 깨달음을 얻어 즈나니가 되고 난 후의 왕국은 그에게 아무런 부담이 되지 않았다.

Universal Equality

성자와 사냥꾼

바가반은 마두라이에 있을 때를 회상하며 이야기했다.

"숙모는 먹을 것을 준비할 때면 나를 부르고 그것에 가장 먼저 손을 대게 했다. 그녀는 나에 대한 믿음이 있었다. 나는 그녀가 시키는 일은 뭐든지 했으며, 거짓말을 하지 않았다. 유일하게 거짓말을 했을 때가 여기 아루나찰라에 올 때였다."

그의 말에 수행자가 말했다.

"위대한 일이 이루어지려면 때로는 거짓말도 있어야 하는 것이군요."

바가반은 "세상의 안정을 위해 어쩔 수 없는 상황이라면 그렇지. 목적이 있으면 실천하는 행동이 뒤따른다. 그러나 목적이 없으면 성자와 사냥꾼의 이야기처럼 행동을 포기하게 된다"라고 말하며 다음 이야기를 해주었다.

숲 속에서 한 성자가 아무 움직임 없이 가만히 앉아 있었다. 그러나 눈은 뜨고 있었다. 한 사냥꾼이 도망치는 사슴을 쫓아 달려오다 그 성자를 보고 멈추었다. 사슴이 성자 앞까지 와서 그 근처의 숲 속에 숨었기 때문이다. 사냥꾼은 성자에게 물었다.

"스와미님, 사슴이 이쪽 방향으로 방금 도망쳤습니다. 그놈이 어디에 있는지 좀 가르쳐주십시오."

성자는 모른다고 했다.

"분명 당신 앞으로 도망쳤습니다. 당신은 눈을 뜨고 있었는데 모른다니 말이 됩니까?" 하고 사냥꾼이 캐묻자 성자는 말했다.

"친구여! 우리는 같은 우주 안, 한 숲 속에 있네. 우리는 아한카라(ahankara, 자의식)가 없는 것일세. 자네에게 아한카라가 없다면 자네는 이 세상에서 아무 일도 못하지. 그 마음이 모든 일을 한다네. 또 모든 감각을 작동시키기도 하지. 우리는 분명 아무 마음도 없어. 그것은 오래전에 사라졌지. 우리의 상태는 깨어 있고, 꿈꾸고, 깊이 잠들어 있는 세 가지의 일반적인 상태가 아니야. 네 번째 상태인 투리야(turiya, 초월 상태)에 있지. 그때는 아무것도 보지 못하니 우리가 사슴이 어디 있는지 어찌 알겠는가?"

사냥꾼은 무슨 말인지 이해하지 못한 채 그를 미쳤다고 생각하며 그곳을 떠났다.

One Pointedness
집중

한 수행자가 타밀어로 몇 가지 질문을 써서 물었다. 바가반은 말했다.

"어떻게 해야 감각적인 즐거움에서 탈피하여 그 위에 존재하는 깨달음의 축복을 얻을 수 있을지 알고 싶어 하는군. 한 가지 방법이 있다. 마음을 감각의 즐거움이 아닌 다른 곳에 몰입하라. 그것에 집중할수록 감각의 자극은 사라진다."

다시 그가 물었다.

"언제쯤 그런 축복을 얻을 수 있습니까?"

바가반은 "우리는 매일 잠 속에서 그런 축복을 즐기고 있지만, 그 축복을 얻지는 못했다. 우리는 축복의 희열이다. 즉, 축

마하르시가 지내던 비루팍샤 동굴

복이란 우리의 다른 이름인 셈이다. 그것은 바로 우리의 본성이기에 단지 마음을 몰입하는 것이 필요할 따름이다"라고 말하며 이야기를 하나 들려주었다.

아할리아는 왕의 아내인데 인드라라고 불리는 방탕아와 사랑에 빠졌다. 이 이야기는 대중의 이야깃거리가 되어 왕의 귀에까지 들렸다. 왕은 그들에게 가장 혹독한 고문을 내리라고 명령했는데, 그 고문을 받으면서도 둘은 마주 보고 미소만 지을 뿐 도무지 아픈 표정이 없었다. 왕은 이를 보고 놀라 도대체 어떻게 그것을 견뎌내느냐고 물었다. 그들은 대답했다.

"정말 모르십니까? 우리는 그저 바라만 보고 있습니다. 우리는 서로를 바라보는 것만으로도 행복해서 또 다른 생각을 할 겨를이 없습니다. 우리가 알고 있는 한 우리 둘만이 존재하고 다른 것은 아무것도 존재하지 않습니다. 어찌 다른 것이 우리에게 영향을 끼치겠습니까?"

바로 이런 것이 몰입되고 집중된 마음이다.

The Siddhas' Lesson

초능력의 수행자 시다의 교훈

순례를 마치고 돌아온 라마는 세상이 온통 슬픔에 가득 차 있고, 육체를 갖고 있다는 것이 슬픔의 씨앗임을 깨달았다. 그래서 그는 모든 것을 남에게 나눠 주고, 먹지도 마시지도 않고 가만히 앉아 있었다. 비스와미트라(Viswamitra, 힌두교의 현자로, 일곱 명의 위대한 리시 중 하나)가 다사라타(Dasaratha)에게 그의 종교의식에 라마를 참석시킬 것을 명령했으나, 다사라타는 라마는 이미 미친 사람이며 그의 행동은 미친 짓이라고 말했다. 이를 듣고 비스와미트라는 그런 병이 여러 사람에게 전염되지 않은 것이 다행이라 말하고, 그를 자신에게 데려오게 했다.

라마는 모두 앞에 꿇어 엎드리듯 앉았다. 비스와미트라는 그를 보고 미치게 된 이유가 무엇이냐고 물었고, 바시스타를 가리키며 "라마에게 참나에 대한 지식과 브라마 신이 너와 나에게 가르쳐준 지식을 알려주어라"라고 말했다.

바시스타는 그렇게 하기로 했다. 그가 가르치는 동안 모든 시다가 와서 그의 가르침을 듣고 생각했다.

'라마는 저렇게 어린데도 많은 지식을 갖고 있구나. 이 얼마나 놀랍고 대단한가! 우리가 오래 살아보았자 무슨 쓸모가 있단 말인가?'

마하르시의 생애 연도표

1879년	12월 30일 월요일 새벽 1시, 티루출리(Tiruchuli)에서 태어나다.
1881년	딘디굴(Dindigul)로 이사하다. 티루출리에서 초등학교를 졸업하다.
1882년	아버지 순다람 아이어(Sudaram Iyer)가 사망하다. 마두라이로 이사하다. 스코트(Scott) 중학교와 미국 선교 고등학교에서 수학하다.
1895년	11월, 삼촌으로부터 아루나찰라에 대한 이야기를 듣다.
1896년	7월 중순, 마두라이에서 죽음을 체험하다. 8월 29일 토요일, 마두라이에서 아루나찰라로 가다. 9월 1일 목요일, 아루나찰라에 도착해 천 개의 기둥이 있는 홀(Thousand-pillared Hall)과 고푸람(Gopuram)에 머물다.
1897년	연초에 도시 외곽에 있는 구루무르탐(Gurumurtam)으로 옮겨 망고숲 옆의 사원에 머물다.
1898년	5월, 넬리아파 아이어(Nelliappa Iyer) 삼촌이 망고숲을 방문하다. 9월, 파바라쿤루(Pavalakkunru)로 이동하다. 12월, 어머니 알라가말(Alagammal)이 파바라쿤루를 방문하다.
1899년	아루나찰라 언덕의 여러 동굴, 그중 주로 비루팍샤 동굴에 머물고, 여름에는 망고나무 동굴에서 지내다.
1900년	비루팍샤 동굴에서 감비람 세샤이야(Gambiram Seshayya)의 질문에 대답하다.
1901년	《자아 탐구(Self-enquiry)》를 출간하다.
1902년	시바프라카삼 필라이에 의해 '나는 누구인가?'에 관한 질문과 대답을 하다.
1905년	전염병 때문에 파차이암만 코일(Pachaiamman Koil)로 옮겨 6개

월을 머물다 언덕으로 돌아오다.

1907년 11월 18일, 카비야칸타 가나파티 무니(Kavyakanta Ganapati Muni)에게 가르침을 주다.

1908년 1월부터 3월까지 파차이암만 코일에서 가나파티 무니와 다른 이들과 함께 머물고 다시 비루팍샤 동굴로 돌아오다.

아디 샹카라의 저서《비베카 추다마니》와《드리크 드리샤 비베카(Drik Drisya Viveka)》를 타밀어로 번역하다.

1912년 거북바위에서 바수데바 사스트리(Vasudeva Sastry)와 다른 사람들이 있는 가운데 두 번째 죽음 체험을 하다.

1914년 어머니의 병을 치유하기 위해 아루나찰라를 기도하는 노래를 하다.

1915년 어머니를 위해《파파둠의 노래(The Song of the Pappadum)》를 쓰다.

비루팍샤에서 쓴《아루나찰라 아크샤라마나말라이(Arunachala Aksharamanamalai)》,《아루나찰라 파디캄(Arunachala Padikam)》,《아루나찰라 아슈타캄(Arunachala Ashtakam)》을 데비 칼로타라(Devi Kalottara)가 번역하다.

아디 샹카라의《다크시나무르티 찬가(Hymn to Dakshinamurti)》,《구루 스투티(Guru Stuti)》,《하스타말라카 스토트라(Hastamalaka Stotra)》를 번역하다.

1916년 스칸다슈람(Skandashram)에 머물다.

1917년 산스크리트어로《아루나찰라 판차라트남(Arunachala Pancharatnam)》을 쓰다.

어머니가 스칸다슈람에 머물다.

가나파티 무니에 의해 산스크리트어로《스리 라마나 기타(Sri Ramana Gita)》를 쓰다.

1922년 5월 19일 금요일, 어머니가 '마하 사마디(Maha Samadhi, 깨달음의 상태에서 육체를 떠나는 것)'에 들다.

12월, 스리 라마나스라맘으로 옮기다.

1927년 《우파데사 사라(Upadesa Sara)》를 타밀 · 텔루구 · 산스크리트 · 말라얄람어로 옮기다.

4월 24일, 《아트마 비드야》를 쓰다.

1928년 《울라두 나르파두》를 타밀어와 말라얄람어로 옮기다.

1930년 산스크리트어로 《사트 다르샤남(Sat Darshanam)》을 쓰다.

1933년 《아가마: 사르바즈나노타람 - 아트마 사크샤트카라(Agama: Sarvajnanotharam - Atma Sakshatkara)》를 타밀어로 옮기다.

1939년 9월 1일 화요일, 바가반에 의해 마트루부테스와라 사원이 세워지다.

1940년 《바가바드 기타》를 42절로 줄여 타밀어와 말라얄람어로 옮기다.

1947년 2월, 《에카트마 판차캄(Ekatma Panchakam)》을 텔루구어와 타밀어로 옮기다.

1948년 6월 18일, 사랑하던 암소 락슈미가 니르바나에 들다.

아디 샹카라의 《아트마 보다》를 타밀어로 옮기다.

1949년 3월 17일 화요일, 마트루부테스와라 사원의 쿰바비세캄(Kumbabhishekam)에 머물다.

1950년 4월 14일 금요일 저녁 8시 47분, 브라마 니르바나(Brahma Nirvana)에 들다. 이때 유성의 찬란한 광채가 남쪽 하늘에서부터 천천히 북쪽으로 움직이면서 아루나찰라 산 뒤로 사라졌다. 이 광경을 인도의 여러 곳에서 목격했다고 한다.